Paul Katsitis

Mykonos Crime ©

Der Strand der toten Köpfe

AF221595

Zuletzt erschienen in dieser Reihe
(Deutsch/Griechisch)
Mykonos Crime 20 Darknet
Mykonos Crime 21 Yariv
Mykonos Crime 22 Pontifex
Mykonos Crime 23 Sisa
Mykonos Crime 24 Lebendig begraben
Mykonos Crime 25 Schläfer
Mykonos Crime 26 Smyrna
Mykonos Crime 27 Goldrausch
Mykonos Crime 28 Engel der Finsternis
Mykonos Crime 29 Der Strand der toten Köpfe
Mykonos Crime 30 Der Vampir von Mykonos (Juni
22)

Frühere Bände: siehe hinterer Buchteil

Mykonos Crime©

Der Strand der toten Köpfe

Impressum
Titel: Shutterstock, istockphoto
Innenteil Shutterstock/istockphoto
Copyright Paul Katsitis 2022: **Der Inhalt als auch Buch- und Reihentitel sowie der Autorenname sind urheberrechtlich geschützt oder unterliegen dem Titelschutz. Jedwede Verwendung ist strafbar.**

ISBN 9783755748038
Herstellung und Verlag:
BoD – Books on Demand, Norderstedt

Angelos Nikakis, 32, ist nicht nur der Hauptkommissar auf Mykonos, sondern auch Bürgermeister der Insel. Sein erster Mann, **Alex,** starb.

Sein Ehemann ist ein Kollege: **Yariv Nikakis, 29,** ursprünglich Kommissar in Athen. Beide trafen sich im Rahmen von Ermittlungen und verliebten sich ineinander.
Da Yariv nur 1,75 m groß ist, ergab sich sein Spitzname von allein: Kleiner. Sein Hobby: Malen.

Daniel Dimas, 30, ist DJ auf Mykonos und Angelos´ engster Freund: Nein: er ist mehr.

Maria Karnezis, 29, ist Leiterin der „normalen" Polizeistation (Dimotiki Astinomia).

Alexandros Mantzaris, 67, ist Amtsrichter auf Mykonos.

Antonis Migiakis, 55, ist griechischer Premierminister.

Abu Bakar, 38, beherrscht den Drogenhandel in der Ägäis. daher waren er und Kommissar Angelos Nikakis per se Feinde. Doch dann schließen die beiden ein Friedensabkommen der besonderen Art – und wurden Freunde.

Gabriel Markarov, 35, ist Angelos´ rechte Hand im Rathaus. Er sitzt seit einem Schusswechsel im Rollstuhl. Da die Kugel eigentlich Angelos galt und sich Gabriel in die Schussbahn warf, fühlte sich Angelos verpflichtet, ihm zu helfen.

1

Mykonos, 166 vor Christi Geburt
Tetras, Pyanopsion (4. Oktober)

Linos, Zenon und Helios waren mehr als
beunruhigt. Das Meer tobte, die Wellen erreichten
ungekannte Höhen.
Die drei waren Fischer und saßen in der Bucht von
Mykonos – auf Holzbänken, die vor ihren
ärmlichen Häusern standen.
Sehnsüchtig blickten sie hinüber nach Delos, ihrer
Heimat.
Vor einem Jahr wurden sie vertrieben. Heute
würde man den Grund als Immobilienblase
bezeichnen. Delos hatte sich zum Zentrum für
Handel und Religion entwickelt.
Zwischen Athen und Ägypten gab es keine wichti-
gere Insel. Jeder bedeutende Händler hatte eine
Niederlassung auf Delos. Und als Geburtsort von
Apollon war Delos zudem einer der heiligsten Orte
des östlichen Mittelmeeres.
Delos zog Menschen aus aller Herren Länder an.
Sehr zum Leidwesen von Linos, Zenon und Helios.
Ihre Familien lebten schon auf Delos, als es noch
unbedeutend war – aber das zählte nichts.
Einer der Hohepriester war vor einem Jahr bei
ihnen erschienen und hatte ihnen verkündet, man
benötige ihre Häuser für eine Erweiterung der
Tempel.

Keiner der drei wollte es sich mit den Göttern verderben. Außerdem war jegliche Form von Widerstand ausgeschlossen. Die drei Fischer galten nicht als Bürger.

Der Hohepriester bot ihnen an, nach Tinos oder Syros umzusiedeln. In diesem Falle würden sie eine kleine Entschädigung erhalten.

Doch das Heimweh würde unerträglich werden. Nein, dachten alle drei Fischer.

Sie taten das Unvorstellbare. Sie zogen auf die Nachbarinsel: Mykonos – der armselige Felsen, der nur durch eine kleine Meerenge von Delos getrennt war.

Auf Mykonos wohnte man nicht – außer den Bestattern. Auf Delos war das Ausheben von Gräbern untersagt worden – jeder Quadratzentimeter war von großem Wert auf einer Insel, die nur gut 4 Kilometer lang und 1 Kilometer breit war. Mit 25. 000 Einwohnern platzte Delos aus allen Nähten.

Und so wurden Verstorbene auf Mykonos beerdigt. Sie waren die einzigen Einwohner. Sie und drei Bestatter.

Nun kamen Linos, Zenon und Helios hinzu.

Und schnell stellten sie fest, dass Mykonos seine Vorzüge hatte. Der Meltemi, der kalte russische Wind, pfiff zwar auch hier, aber die westliche Bucht lag geschützter als Delos. Hinzu kam, dass es auf Mykonos Quellwasser gab.

In Monaten harter Arbeit hatten die drei Fischer Zypressen gefällt und passende Quader gesucht, mit denen man ein Heim errichten konnte.

Dennoch blieb Mykonos eine Art Verbannungsort – ihre Heimat blieb Delos.

Es war Tetras im Pyanopsion – der vierte Oktober. Und der Meltemi blies so stark, dass an ein Hinausfahren nicht zu denken war – die Segel hätte es einfach fortgerissen.

So ging es schon seit sechs Wochen. So lange saßen Linos, Zenon und Helios auf Mykonos fest. Hätten sie nicht einige Ziegen in einem Geviert hinter den Häusern, so wären sie und ihre Familien verhungert oder sie wären auf einer Fangfahrt umgekommen.

„Ich verstehe es nicht", sagte der alte Linos, der die größte Erfahrung hatte. Das Alter galt zu dieser Zeit als Zeichen von Weisheit. Warnte der Alte, fuhr keiner der drei aufs Meer.

„Seit drei Monden tobt das Meer. In meinen fünfzig Lebensjahren habe ich so etwas noch nicht erlebt. Vielleicht ist der Gott des Windes erzürnt!"

Aiolos, der sinnigerweise auf einem Berg auf Mykonos sitzen sollte.

Gesehen hatte ihn freilich noch niemand. Keiner hatte es gewagt, den Ilias im Osten von Mykonos zu besteigen.

„Wir haben schon drei Ziegen geschlachtet. Mir bleibt nur noch eine", sagte Zenon.

Eine Woche vorher hatte Linos beschlossen, dass sie etwas unternehmen mussten.

Er erinnerte sich an eine alte Legende, die besagte, dass man Poseidon, den Gott des Meeres, besänftigen konnte.

Linos, Zenon und Helios zerrten einen Esel, ein altes Maultier und ein klappriges Pferd auf ihre kleinen Boote. An jenem Tag herrschte besonders starker Seegang. Über zwei Stunden hatten sie gebraucht, um die ängstlichen Tiere auf die Boote zu verladen. Das Pferd war mehrmals von Bord gesprungen.

Letztendlich schafften Sie es, aber sobald sie die Bucht von Mykonos verlassen hatten, wurden sie nach Süden abgetrieben und wären fast an den Klippen der Halbinsel zerschellt. Aber Linos wies ihnen den Weg.

Als sie die Meerenge zwischen Mykonos und Tinos erreichten, war es so weit: sie banden die Tiere los und warfen sie über Bord. Das Pferd hatte ausgeschlagen und Helios verwundet. Offensichtlich war das Bein gebrochen, aber er hatte keine Wahl, als weiterzuarbeiten. Linos hatte eine selbstgemachte Salbe aufgetragen und das Bein geschient. Der Medicus Alexios saß auf Delos und war schlicht zu teuer.

Die geopferten Tiere waren schnell im Schlund von Poseidon versunken.

Doch Linos, Zenon und Helios stellten mit Entsetzen fest, dass sich das Meer nicht beruhigte.

Eine weitere Welle rauschte in die Bucht und brach kurz vor dem Ufer.

„Schaut!", rief der Jüngste, Helios.

Mit Entsetzen blickten die drei hinaus aufs Meer. Eine riesige Welle, größer als alle anderen zuvor, baute sich auf, rauschte auf Mykonos zu.

Die drei Fischer rannten nach hinten zu ihren Häusern.

Dann brach die Welle unter heftigem Getöse und überspülte das ganze Ufer.

Zögernd liefen Linos, Zenon und Helios wieder zum Strand.

„Was ist denn das?", schrie Zenon gegen das Brausen des Wassers und Windes an.

Er zeigte auf eine Stelle am anderen Ende des Ufers.

Die drei gingen näher heran.

Ihnen stockte der Atem.

Auf dem Ufer lagen drei Schädel.

Ein Pferd, ein Maultier und ein Esel.

Die Schädel waren schneeweiß, ohne jede Faser.

„Das ist ein Zeichen. Poseidon ist immer noch erzürnt. Unsere Opfergabe war ihm zu wenig!"

Linos, Zenon und Helios starrten auf den Boden.

„Ihr wisst, was wir nun tun müssen", sagte Linos.

„Nein. Das können wir nicht tun", protestierte Helios.

„Wollt ihr eure Familien verhungern lassen? Ihr seht das Zeichen", brüllte Linos.

„Linos, du bist unser Ältester. Gibt es keine andere Möglichkeit?", fragte Helios.

„Nein. Poseidon hat gesprochen!"

„Aber wir könnten einen der Hohepriester fragen, ob es noch eine andere Möglichkeit gibt", schlug Zenon vor.

„Erstens empfängt der Priester keine Fischer. Zweitens verlangt er einhundert Drachmen! Wir losen!"

Er nahm einen kleinen und zwei größere Kieselsteine in einen Krug.

Helios zog den kleinen aus dem Krug.

Wortlos ging Helios zu seinem Haus.

Eine Stunde später fuhren Linos, Helios und Zenon hinaus aufs Meer.
Am Mast des kleinsten Boots festgebunden war Alexios, der sieben Jahre alte Sohn von Helios.
„Poseidon, empfange die höchste Gabe, die wir erbringen können", schrie Linos und warf das gefesselte Kind ins Meer.
Helios brachte es nicht übers Herz.

2187 Jahre später spülte es wieder Schädel an die Küste von Mykonos.
Der Wirt einer Strandbar informierte den Hohepriester des 21. Jahrhunderts auf Mykonos:
Kommissar und Bürgermeister Angelos Nikakis.

* Tatsächlich hieß die gültige Währung auf Delos bereits damals Drachme.

2

Die Hitze war unerträglich. Die Sonne brannte ohne Erbarmen von einem wolkenlosen Himmel. Nicht einmal der Meltemi, der stramme Nordwind der Ägäis, blies, obwohl er im Mai üblicherweise für Abkühlung sorgte.
Die Hitze verstärkte den Durst ins Unerträgliche.
In dem Boot saßen etwa vierzig Personen, die meisten davon Männer.

Drei Tage waren vergangen, seitdem sie den Hafen verlassen hatten, mit einem Kanister übelriechenden Wassers und einem Paket mit Trockenkeksen.

Die Mehrzahl lag apathisch und von Hunger und Durst geschwächt an den Luftkammern des großen Schlauchboots.

Das Wasser war bereits einen Tag zuvor ausgegangen, der Sprit vor zwei Stunden.

Ein älterer Mann beugte sich über den Rand und trank Meerwasser aus seiner Hand. Es würde ihn umbringen.

Hamid Nizar war einer der wenigen, die noch bei klarem Verstand waren. Er hatte einen Vorteil, der ihn schon auf den bisherigen Etappen half: er war Sportler, genauer: Langstreckenläufer.

Durst und Hunger kannte er.

Zwei Stunden später waren die ersten tot, aber die anderen hatten keine Kraft, die Leichen über Bord zu werfen. Es stank nach Urin und Kot.

Hamid Nizar hielt es erst für eine Fata Morgana, aber jetzt war er sich sicher: am Horizont näherte sich ein Boot. Es war ein schnelles Boot, denn nach nur ein paar Minuten stoppte es neben dem Zodiac.

Die meisten registrierten es gar nicht, so apathisch waren sie bereits.

Wir werden gerettet, dachte Nizar. Doch dann sah er, dass die Männer auf dem Boot, alle in schwarz gekleidet, Waffen in den Händen hielten.

Ein Mann mit Bart deutete auf einen hellhäutigen Mann, der am, anderen Ende des Schlauchbootes saß.

Er reagierte nicht.

"YOU! COME", sagte der bärtige Mann und schlug dem Hellhäutigen mit einer Stange auf den Kopf.

Langsam drehte er den Kopf.

Der Bärtige feuerte eine Salve ab.

Die anderen Bootsinsassen wurden ängstlich und drängten den Mann, der Anweisung des Bärtigen zu folgen.

In Zeitlupe kroch der Hellhäutige in Richtung des Schnellbootes.

Er spürte, wie mehrere Arme ihn packten und an Bord zogen. Als er aufschaute, waren mehrere Waffen auf ihn gerichtet.

Andere dachten, sie würden gerettet, aber der Bärtige schlug wieder mit der Stange auf die Menschen ein.

Zwei junge Männer aus dem Schlauchboot sprangen ins Wasser und versuchten, auf die andere Seite des Schnellbootes zu kommen.

Der Bärtige ging nach Backbord.

Dann fielen zwei Schüsse.

Was ist hier los, fragte sich der Hellhäutige, der auf dem Boden des Schnellbootes lag.

Plötzlich spürte er einen Stich im Rücken und streckte sich.

Er sah die Machete nicht.

3

Bürgermeister und Kommissar Angelos Nikakis stand in seinem Amtszimmer im Rathaus vor dem Spiegel.

Er sah einen großen Mann mit pechschwarzem Haar, schwarzen Augen, bekleidet mit einem Slim-fit-Shirt und (zu) engen Jeans.

Niemand auf Mykonos redete den Bürgermeister mit seinem Titel an. Vielmehr lautete die Anrede meist „hey, Schöner!"

Und so war es auch bei Giorgios Sahas, dem Leiter der Wasserwerke.

„Schöner, wir haben ein Problem. Es geht wieder einmal um die alte Zervakis in Kamalafka. Ihr Kanal ist schon wieder verstopft!"

„Soll ich mit dem Gummistopfen anrücken?", knurrte Angelos.

„Nein, nein. Aber irgendjemand muss mit der Frau mal Klartext reden. Die Verstopfung ist allein ihr Werk. Und das ihrer vier Töchter. Die werfen ihre Tampons immer ins Klo. Und ich schwöre auf die Bibel: die Dinger haben die Größe einer Zewa-Rolle", sagte Sahas.

Angelos Nikakis wurde flau.

„Tampons sind doch die Dinger, die Frauen in das verbotene Loch stecken, wenn sie wieder einmal lecken, oder?"

Sahas lachte.

„Für einen Schwulen verfügst du ja über weitreichende Kenntnisse des weiblichen Körpers. Hast du eigentlich..."

„NEIN, habe ich nicht!"

Vielmehr hielt Angelos Nikakis den Frauenkörper für eine Fehlkonstruktion Gottes. Vielleicht hatte dieser an jenem Tag Migräne und erschuf deswegen eine Gattung mit einem Leck. Eine fehlerhafte Charge.

Noch während ihm Sahas vorbetete, was die Reparatur kosten würde, schaute Gabriel zur Tür hinein und sagte leise, dass eine Frau Zervakis in der Leitung war.

„Ich rufe dich zurück", sagte Angelos und übernahm das Gespräch mit der Dame.

„Zum dritten Mal ist die Kanalisation dicht. Es stinkt erbärmlich. Ich erwarte von der Gemeinde, dass das Problem umgehend gelöst wird. Ich gebe Ihnen zwei Stunden Zeit!"

Wer Angelos Nikakis kannte, wusste, dass sein Triggerpunkt keifende Frauen waren. Sein Blutdruck schoss nach oben und der Begriff Contenance verschwand aus seinem Wortschatz.

„Das Problem gäbe es nicht, wenn Sie und Ihre Töchter nicht dauernd Tampons ins Klo werfen würden", bellte Angelos.

„Das ist doch wohl die Höhe! Jetzt schieben Sie die Schuld auf meine Mädchen! Dabei ist es schlicht Ihr Versagen!"

Es passierte, was passieren musste. Angelos Nikakis rastete aus.

„Ihre sogenannten Mädchen sind nichts anderes als atmende Olivenölfässer. Außerdem sind es keine Mädchen, denn alle sind weit über vierzig. In dem Alter ist man als Frau gefälligst trocken und stubenrein. Finden wir auch nur noch einen Elefantentampon, klemme ich den Kanal ab!"

Angelos knallte den Hörer auf die Gabel.

„Giorgios, mitgehört?"

Das Lachen zeigte an: ja.

„Hör mal. Diese Pumpen arbeiten auch rückwärts, oder?"

„Mit sogenannten Spüllanzen und höherem Wasserstand ginge es!"

„Und diese Mammut-Tampons habt ihr rausgefischt?"

„Einen ganzen Haufen", sagte Giorgios.

„Gut. Ihr werft den ganzen Dreck wieder in den Kanal und lasst die Spüllanzen in die andere Richtung pumpen", sagte Angelos.

Giorgios Sahas lachte.

„Wenn Ihr soweit seid, ruft ihr wieder an!"

Zehn Minuten später gab Giorgios das ok. Angelos griff zum Telefon und wählte die Nummer von Frau Zervakis.

„Frau Zervakis, der Kanal wird gerade repariert. Wir bräuchten aber Ihre Hilfe. Könnten Sie bitte in die Toilette gehen, den Deckel anheben und hören, ob es gurgelt?"

„Wenn's denn sein muss!"

Angelos hörte, wie sie ins Bad ging und den Deckel anhob.

In sein Handy sagte Angelos leise: „Los!"

„Und was soll ich da jetzt tun?", keifte Frau Zervakis.

„Hören, ob es gurgelt", sagte Angelos vergnügt.

„Nein. Doch. Moment. Es gurgelt. Aber was ist denn …"

Als Nächstes hörte Angelos ein unheilvolles Rauschen, gefolgt von einem gellenden Schrei. Angelos Nikakis grinste.

„Hoffentlich hängt jetzt das ganze Bad voll mit ihren Elefanten-Tampons", sagte er zu Giorgios. „Darf ich die Geschichte weitererzählen? Bitte!"

„Aber natürlich. Kleine Lehrstunde. Man verärgert den Bürgermeister besser nicht", meinte eben jener Bürgermeister.

Angelos Nikakis hatte eine Abneigung gegenüber Armbanduhren. Er sah immer auf sein Handy.

16 Uhr 30.

Höchste Zeit dieses Irrenhaus zu verlassen.

Angelos Nikakis hatte abends etwas vor.

4

Ich bin jung und attraktiv – so die Selbsteinschätzung von Julien Renot aus Lyon.

Die Realität sah anders aus.

Julien war 48 Jahre alt und höchstens noch Handelsklasse B, leicht abgehangen.

Seit er denken kann, kommt er nach Mykonos. Mit Wehmut erinnerte er sich an seinen ersten Besuch. Julien hatte zwei Wochen lang durchgefickt. So heftig, dass er auf der Rückreise einen Tampon tragen musste.

Seitdem war Mykonos für ihn gleichbedeutend mit dem Paradies.

Er sah sich um am Strand von Paradise. Wie damals. Alles läuft im Pfauschritt und jeder schaute jedem auf Schritt und Po.

Mit einem gewissen Frust registrierte er, dass ihm niemand mehr hinterherschaute, Noch schlimmer: er hatte gehört, wie ein junger Schnösel sich über seinen Bauchansatz lustig gemacht hatte.

Ihr werdet auch nicht jünger, dachte Julien grimmig.

„Was schaust du so genervt?", fragte Olivier, sein Ehemann.

„Ach nix!"

Auch an Olivier hatte das Älterwerden seine Spuren hinterlassen. Es gibt zwar ein Programm mithilfe dessen man das Gesicht künstlich altern lassen kann. Leider funktioniert das Ganze nicht mit einem Ganzkörperfoto, ansonsten würde wohl niemand mehr heiraten.

Zu allem Übel kam hinzu, dass Julien sich vor drei Jahren überreden ließ, zwei Kinder zu adoptieren. Er hatte es sich ähnlich vorgestellt wie bei Haustieren. Er wurde eines Besseren belehrt. Die Bälger kamen immer dann, wenn ihm nach Ruhe war. Das permanente Geschrei und die notorische Unordnung waren Nägel zu seinem Sarg.

„Los. Geht ins Wasser. Schwimmflügel!", knurrte Julien. Die zwei Jungs gehorchtem ihm und trabten davon.

„Du warst einverstanden", eröffnete Olivier das Strandgefecht.

„Ich wurde nicht auf das zehntägige Rückgaberecht hingewiesen", sagte Julien.

„Aber nun hat unser Leben einen Sinn", beharrte Olivier auf seinem Standpunkt.

„Mein Leben hatte auch vorher einen Sinn!"

„Ja. Ficken und Saufen", entgegnete Olivier.

„Ah. Und du warst Klosterbruder", schnauzte Julien zurück.

Olivier wusste, dass es besser war, nichts mehr zu sagen.

Als Krönung kamen ihre beiden Söhne zurück.

„Ich will ein Eis, Papa eins", quengelte der kleine Alphonse.

„Papa zwei gibt dir Geld!"

Doch das Eis verschaffte Julien nur eine kurze Atempause. Jetzt kam eine Idee zum Zug, die seiner Meinung nach die beste der letzten zehn Jahre war.

Vor zwei Monaten hatte er ‚nervige Kinder im Urlaub' bei Google eingegeben und entdeckt, dass auch Heteros ähnliche Probleme haben. Neben der Ultimo Ratio (ein Viertel Valium) waren dort mehrere Tipps aufgeführt, die Julien sich aufgeschrieben hatte.

Ganz oben stand: Muscheln suchen. Perfekt.

„Los, Alphonse. Nimm deinen Bruder mit zum Muscheln suchen. So sehen die Dinger aus!"

Gut vorbereitet hatte er eine Muschel in der Strandtasche.

„Schafft ihr zwanzig Stück von der Größe, könnt ihr jeden Tag Fernsehschauen!"

Olivier wollte protestieren, denn er hatte vorher ein TV-Verbot ausgesprochen. Es sollte pädagogisch gesehen ein wertvoller Urlaub werden. Brettspiele, Exkursionen.

„Billiger Trick", knurrte Olivier.

Aber er funktionierte. Die Jungs stoben davon und drehten ihre Füße im Sand, um Muscheln zu sammeln.

Dreißig Minuten herrschte Ruhe, bis gegen 11 Uhr das übliche Bumm-bumm einsetzte.

„Die Musik war früher besser", maulte Julien.

„Du meinst die Village People oder Gloria Gaynor. Alle schon tot", sagte Olivier vergnügt. „Aber unseren Jungs scheint es zu gefallen!"

Und tatsächlich spielten die Kids eine Art Strandball. Womit war Julien egal.

Außer Atem kam Alphonse zu den Liegen zurück.

„Schau mal. Wir haben eine Riesenmuschel gefunden. Die zählt für mehr!"

Julien schaute sich die Muschel an.

Zehn Sekunden später fiel Papa eins von der Liege.

Die Bälger hatten einen Totenkopf gefunden.

Wobei: es hingen noch grausig viele Haare und Gewebefetzen daran.

„Polizei oder eingraben?", fragte Olivier, denn für beide galt das ungeschriebene Touristengesetz: niemals im Urlaub die Polizei kontaktieren.

Doch ihnen wurde die Entscheidung abgenommen. Erst hörten sie einen Schrei aus der ersten, unfassbar teuren Reihe. Der nächste ließ nicht lange auf sich warten. Dort, wo kurz zuvor noch die Kinder gespielt hatten, sprang eine kreischende Frau herum.

Mit Mykonos geht es bergab, dachte Julien.
Frauen am Paradise und dann auch noch
zeternde.
Es sind Schädel, wahrscheinlich uralte.
Nein, fiel ihm ein. Die Fische hätten sie ratzekahl
gefressen.
„Wir sollten gehen", sagte Papa eins.

5

Am Abend zuvor

E s war Mitternacht.
Yariv und Angelos hatten am Abend bei
„Niko´s" gegessen und waren dann ins
„Scorpio´s" weitergezogen. Nein, sie krochen
weiter. Der Verkehr stand schon vor dem ersten
Kreisverkehr still.
„Können wir nicht nach Hause?", fragte Yariv.
„Ach komm, wir haben es Daniel versprochen.
Außerdem hat er die Frühschicht", sagte Angelos.
„Die geht bis um zwei! Außerdem brauchen wir
bestimmt eine Stunde, bis wir dort sind", knurrte
Yariv.
Angelos sagte nur: „Hafen anrufen!"
Kurz darauf meldete sich Giorgios, der Hafen-
meister. Die Nachtfähre aus Athen hatte
Verspätung, also musste er noch im Dienst sein.

„Haben wir noch ein beschlagnahmtes Boot?",
fragte Angelos.

Giorgios lachte.

„Du hast die freie Auswahl. Von der Riesenyacht
bis zur Schalluppe!"

„Die große, bitte. Kannst du ..."

„... sie liegt in fünf Minuten am Pier", sagte
Giorgios.

Angelos wendete und preschte die
Umgehungsstraße hinunter zum Neuen Hafen.
Zehn Minuten später legten sie an der Mole in
Paraga an.

Für Yariv war das Gedränge und die Lautstärke zu
viel.

„Ich bin zu alt für den Mist. Ich nehme mir ein Taxi
und schlafe im Gästezimmer. Du kannst mit Daniel
ins Schlafzimmer!"

„Bitte? A-aber ...", stammelte Angelos.

„Es ist in Ordnung, Angelos. Ich bin einfach nur
müde. Ob ich jetzt dabei bin, oder nicht: ihr
kommt alleine zurecht. Und nein: ich bin nicht
böse! Aber wehe, ihr seid zu laut!"

Zwei Stunden später verließen Angelos und Daniel
den Strandclub.

„Yariv schläft im Gästezimmer? Wir sind also
alleine? Wow. Das erste Mal. Ich und das strah-
lende Licht der Kykladen, der erleuchtete Stern
von Mykonos. Aua!"

Angelos zog Daniel am linken Ohr.

„Frechdachs. Dafür wirst du nachher büßen!"

Daniel lachte und sah Angelos mit seinen
Teddybäraugen an.

Angelos seufzte. Seit Daniel vor zwei Monaten auf Mykonos aufgetaucht war, spielten ihm seine Gefühle böse Streiche.

Ich liebe Yariv. Ich werde ihm nicht untreu. Niemals. Aber der Junge, der zehn Jahre jünger aussah als seine dreißig Lenze, ließ die Schmetterlinge im Bauch Amok laufen. Die Kulleraugen, das kindliche Lachen …

Yariv wusste es nach wenigen Sekunden und reagierte mehr als souverän. Es war Yariv, der den Vorschlag gemacht hatte, Daniel könne vorläufig in ihrem Gästezimmer schlafen. Seitdem hatten sie Sex zu dritt. Angelos wusste, dass Yariv es ihm damit leichter machen wollte.

„Ich weiß, dass du mich liebst. Warum sollte ich jetzt einen Aufstand bauen? Ich besitze dich nicht, auch wenn wir verheiratet sind. Du darfst auch Gefühle für andere Menschen haben. Bleiben tust du bei mir", hatte Yariv gesagt.

Er hätte mich vor die Wahl stellen können und ich hätte mich für ihn entschieden, dachte Angelos. Yarivs herausragendste Eigenschaft war, dass er Eifersucht nicht einmal buchstabieren konnte.

„Außerdem kann ich dich verstehen. Die Kulleraugen und das Lächeln sind schwere Geschütze!"

6

Während das größte Problem für den Bürgermeister von Mykonos sein Liebesleben war, hatte Nikos Papadopoulos viel größere Herausforderungen zu stemmen. Er, Bürgermeister von Mtilene und damit ungekrönter König von Lesbos, stand auf dem Hügel bei Mavrovouni und blickte ins Tal. Polizeichef Pavlos Mantis stand neben ihm.

„Das neue Camp ist viel besser", meinte er.

„Es ist deutlich weiter weg von Mtilene", sagte Papadopoulos.

„Genau darüber haben sich die NGOs beschwert. Und die EU', entgegnete Mantis.

„Die uns alle am Arsch lecken können. Wir haben die da unten nicht gerufen. Ist dir klar, um wie viel Prozent die Übernachtungen seit 2015 zurückgegangen sind? Um 25 Prozent. Mykonos hat ein Plus von 20 Prozent! Dabei ist die Insel ein kahler, hässlicher Felsen!"

Für Nikos Papadopoulos war Mykonos in jeder Hinsicht ein Reizwort. Er hasste die Kykladeninsel, im besonderen deren Bürgermeister, Angelos Nikakis.

„Wie viele der neuen Zelte sind gestern abgefacke t worden?"

„Vier. Verletzte gab es keine. Die NGOs bauen morgen neue auf!"

„Nur über meine Leiche. Wer sein Haus niederbrennt, schläft gefälligst im Freien!"

„Na ja, Haus würde ich diese Stoffbahnen nicht gerade nennen!"

„Die hatten zuhause auch nicht mehr. Erst brennen diese Verbrecher Moria nieder und jetzt fangen sie hier an!"

„Nun, der Brand in Moria kam dir sehr gelegen. Du konntest die ganze Mischpoke in den Norden schicken, weit weg von Mtilene"

Vom alten Lager konnte man in den Hauptort laufen, von Mavrovouni aus war das unmöglich.

„Außerdem hast du an der Verlagerung kräftig verdient", sagte Mantis.

„Die Insel", widersprach Papadopoulos.

„Natürlich. Hauptsächlich die Insel, mit einem kleinen Trinkgeld für dich!"

„Von dem du einen Teil abbekommen hast, also kannst du dir diese Seitenhiebe sparen!"

„Wieviel haben wir insgesamt bekommen?", fragte der Polizeichef.

„Eine Million für die Renaturierung des Altgeländes, vier Millionen für das neue Lager und noch 1 Million für den späteren Abbau hier in Mavrovouni", erklärte Papadopoulos.

Der Polizeichef lachte.

„Und wieviel hat das Ganze bisher gekostet?"

„400.000. Auf überflüssige Dinge wie Kanalisation oder Versorgungsleitungen habe ich verzichtet. Wer zuhause in den Busch scheißt, kann bei uns kein Wellness-Klo erwarten! Wir beide haben je 300.000 Aufwandspauschale erhalten. Ein Witz, wenn man den Ärger betrachtet, den wir hatten und haben. Die bleiben ja alle hier. Sie gehern nicht nach Hause, Athen will sie nicht, die Europäer auch nicht. Es ist zum Verzweifeln!"

„Man fragt sich wirklich, warum fast alle Flüchtlinge bei uns interniert werden, aber auf den Kykladen keine", sagte der Polizeichef, der die Antwort aber schon kannte.

Papadopoulos´ Gesicht verfinsterte sich.

„Warum wohl? Weil dieses Arschloch Nikakis mit dem feinen Herrn Premierminister, der Unfähigkeit in Person, einen Deal hat: die Marineboote lassen keine Flüchtlingsboote nach Westen. Während Mykonos im Geld ersauft, versinken wir im Dreck", keifte Papadooulos.

„Ich frage mich, warum die Presse das Thema nicht aufgreift?"

„Weil Nikakis der Liebling der Medien ist. Aber du hast recht, wir könnten es nochmal bei den rechten Medien versuchen!"

„Das mache ich. Bei ‚Kathimerini' arbeitet ein Freund von mir. Wir können ja durchscheinen lassen, es könnte Geld im Spiel sein", sagte der Polizeichef.

„Probieren können wir es. Aber Nikakis ist angeblich unbestechlich. Viel wichtiger ist doch, wie wir das Pack da unten loswerden! Im nächsten Jahr sind Wahlen!"

„Die du verlieren wirst, wenn die Leute das Gefühl haben, du tust nichts!"

„Ja, aber wenn ich meinen Posten verliere, bist du auch weg vom Fenster!"

„Stimmt. Wir könnten beim nächsten Brand den Volkszorn wieder etwas anheizen!"

„Das haben wir vor zwei Jahren versucht. Hat ganz gut geklappt – bis die Schlägertrupps von der ‚Goldenen Morgenröte' kamen und übers Ziel hinausschossen. Die Bürger wollen Ramba-Zamba mit festen Öffnungszeiten und räumlich abgetrennt, nur ja nicht im eigenen Garten", schimpfte Papadopoulos.

„Das solltest du deinen Wählern besser nicht erzählen!"

„Natürlich nicht!"

„Gehe ich recht in der Annahme, dass das Marineministerium nur noch wenige Boote wieder zurück aufs offene Meer zieht?", fragte der Polizeichef.

„Ja. Dort oben schwirren Dutzende von Drohnen und Satelliten herum. Die NGOs haben mittlerweile eigene. Du kannst auf unserer Insel keinen Schritt mehr unbeobachtet gehen. Auf dem Meer ist es nicht besser. Du hast den Aufschei ja gehört, als die Bilder überall zu sehen waren! Der Premier ist eingeknickt, der Marineminister auch. Und wir müssen es jetzt wieder ausbaden. Letzten Monat waren es erneut doppelt so viele Flüchtlinge wie im Vormonat! Aber niemand will es hören. Sie lassen uns im Stich. Alles Verräter. Unter den Militärs hätte es soetwas nicht gegeben!" Mantis lachte.

„Dein Name ist also Programm!"

„Mein Namensvetter war ein Segen für dieses Land. Damals hatte man noch Respekt vor Griechenland. Heute lacht die Welt über uns!"

„Mit diesen Ansichten gewinnst du aber auch keine Wahlen!"

„Wart´s ab. Die ‚Morgenröte' ist zwar verschwun-
den, aber wenn die Flüchtlingskrise mit einer
Wirtschaftskrise einhergeht, dreht sich der Wind
schnell!"
„So lange können wir nicht warten. Wir müssen
jetzt etwas unternehmen", sagte der Polizeichef.
„Ich stimme dir zu. Und ich habe auch schon eine
Idee! Folgendes …"

Polizeichef Mantis fiel aus allen Wolken.
„Das ist gewagt, um es vorsichtig auszudrücken.
Athen spielt da niemals mit!"
„Athen? Scheiß auf Athen. Wir brauchen nur ein
paar Leute in Schlüsselpositionen. Dann machen
wir es selbst. Und das Schönste daran ist: ein Teil
des Geldes, das wir brauchen, haben wir schon -
aus Brüssel und Athen", feixte Papadopoulos.
„Aber das reicht niemals", meinte der Polizeichef.
„Du vergisst, dass viele an einer Lösung des
Problems interessiert sind. Samos, Rhodos, wir
haben Unterstützer bei ‚Frontex', dem General-
stab!"
„Eventuell Ankara?"
Aber Papadopoulos schüttelte den Kopf.
„Nein. Die sind nicht an einer Lösung interessiert,
denn die kassieren Milliarden und schicken uns
trotzdem Tausende dieser … Taugenichtse!"
„Aber eine Lösung findet man nur, wenn man in
Afrika abriegelt. Die meisten unten im Lager sind
doch keine Kriegsflüchtlinge. Es sind fast alles
Neger", sagte der Polizeichef.

„Menschen afrikanischer Herkunft sollen wir sie nennen. Hat mir das Innenministerium geschrieben!"

Papadopoulos lachte spöttisch.

„Nochmal: man müsste schon in Afrika ansetzen", sagte Mantis.

Papadopoulos grinste.

„Es gibt noch eine andere Vorgehensweise! Und im Vertrauen: eine erste Kontaktaufnahme hat bereits stattgefunden!"

„BITTE WAS?? Wo?"

„Auf einer neutralen Yacht!"

„Um Gottes Willen. Wenn das rauskommt …"

„Das wäre es schon beinahe. Man hat sich bereits darum gekümmert", sagte Papadopoulos vergnügt.

„Ich glaube, mehr will ich gar nicht hören", meinte Mantis.

„Ganz sicher nicht!"

„Gibt es Spuren? Das sind mir ein bisschen zu viele Teilnehmer", gab Mantis zu bedenken.

„Keine Sorge. Man wird alles auf Poseidon schieben!"

„Hab ich richtig gehört? *Poseidon*?"

Papadopoulos grinste.

„Und das Schönste ist, dass Poseidons Zorn Mykonos trifft. Nikakis wird rotieren. Und hat keine Ahnung!"

„Und wann?"

„Ich denke heute. Ich werde mich vor den Fernseher setzen und jede Minute genießen!"

7

Am nächsten Morgen kam ein sichtlich derangierter Daniel in die Küche. Yariv grinste.

„War das Turnen anstrengend?"

„Nein. Es war einfach nur schön!", sagte Daniel. „Ich durfte sogar oben ... du weißt schon!"

Yariv zog die Augenbraue hoch.

„Angelos unten? Dann muss er dich wirklich lieben. Und dir vertrauen!"

„Wieso?"

„Also: hier ist dein Espresso. Und jetzt müssen wir reden!"

Daniel erschrak.

„Du schmeißt mich raus!"

„Nein. Ich frage mich nur, wie ernst dir das Ganze ist. Du bist DJ und könntest jeden Abend einen anderen haben!"

„Habe ich aber nicht. Nicht mal ein Kuss!"

„Du interessierst dich also wirklich für den Menschen Angelos?"

„Natürlich. Sieht man das nicht?"

„Doch. Aber dann hör mir die nächsten zehn Minuten genau zu: vor Angelos war ich Kommissar in Athen. Abteilung Internetkriminalität. Ich habe die ganzen Abgründe gesehen. Was Menschen anderen Menschen antun können. Vergewaltigte Kinder, Kannibalismus, Foltereien ..."

„Hast du deswegen hingeschmissen?", fragte Daniel.

„Auch. Hauptsächlich aber, weil ich Angelos getroffen habe. Zurück zum Thema: eines Tages fand ich ein besonders brutales Video im Darknet. Ein junger Mann wurde gefoltert und vergewaltigt, von drei anderen Männern. Mit einer Klobürste, einem Lötkolben. Die Schreie werde ich nie vergessen. Zwei Jahre später traf ich das Opfer. Ich habe ihn sofort erkannt. Es war ein Kollege und wir trafen uns im Polizeipräsidium in Athen. Und verliebten uns!"

„A-angelos wurde vergewaltigt?"

Yariv nickte.

„Und wenn du verstehen willst, warum er das ist, was er ist, solltest du dir das Video anschauen. Es ist eine gekürzte Version. 15 Minuten statt der drei Stunden, die es in Wirklichkeit waren. Du brauchst nur auf ‚Play' zu drücken. Dann reden wir weiter!"

Yariv verließ die Küche und ging hinüber ins Wohnzimmer.

Fünf Minuten bis zum ersten Heulkrampf, zehn Minuten bis zum ersten Würgen – schätzte Yariv. Doch es lief anders.

Nach zwei Minuten der erste Aufschrei, nach fünf Minuten das erste Übergeben und nach zwölf Minuten hörte man ein lautes Poltern.

Daniel war in Ohnmacht gefallen.

Yariv schüttelte ihn. Seine Kleidung war voller Erbrochenem.

Yariv half Daniel hoch, aber es war noch nicht vorbei. Daniel schluchzte wieder.

„Und ich dummes Arschloch frage ihn noch, ob ich oben …"

„Woher hättest du es wissen sollen? Bei mir hat es sechs Monate gedauert, bis ich durfte. Du hast es schneller geschafft. Wie schon gesagt: er vertraut dir!"

„Ich hätte mich nach so etwas vor den Zug geworfen! Was ist mit den Tätern passiert? Wurden sie verhaftet?"

Yariv lachte.

„Er konnte keine Anzeige erstatten. Ein Polizist, der anderen Polizisten, Kollegen, erzählen muss, dass er vergewaltigt wurde? Außerdem hatte er keine Beweise gegen die drei Männer. Das Video kannte er noch nicht. Dennoch haben die Vergewaltiger bezahlt. Alex, Angelos´ erster Mann, hat zwei umgebracht!"

„Dafür sind wir ihm beide sehr dankbar", sagte Daniel grimmig.

„Und es war Alex, der Angelos wieder zusammengesetzt hat. Angelos hatte jede Nacht Alpträume, hat geschrien und um sich geschlagen. Aber Alex hat geduldig daran gearbeitet, das Trauma zu verscheuchen und Angelos zu dem zu machen, was er heute ist: ein Mensch, der, wenn er spürt, dass jemand ihm ehrliche Gefühle entgegenbringt, sein Herz öffnet. Und dieses Herz ist groß. Da ist auch Platz für seine Gefühle für dich!", sagte Yariv.

„Wow. Die meisten in deiner Lage würden mich hassen und vom Hof jagen!"

„Ein Ehemann ist kein Gefühlspolizist. Und kein Richter. Wie käme ich dazu, ihm zu verbieten, Gefühle für dich zu empfinden. Es ist noch genügend Liebe für mich da. Und das Wichtigste ist: er lügt nicht! Außerdem ist Eifersucht etwas furchtbar Egoistisches. Man glaubt, der andere gehöre einem!"

„Hat er dir gesagt, dass er mich liebt?", fragte Daniel.

„Die Antwort hast du doch vor ein paar Stunden bekommen", antwortete Yariv.

Kurz darauf brummte Yarivs Handy.

„Weil wir gerade von ihm sprechen!"

„Was gibt´s Großer? Dein Termin im Rathaus schon vorbei?"

„Fiel aus. Bitte komm mit Daniel zum Paradise. Bring den zweiten Spusi-Koffer mit. Eine neue Rolle Absperrband, haufenweise Fähnchen, Und nehmt das Boot. Die Straßen sind dicht!"

„Zwei Spusi-Koffer? Gibt´s zwei Leichen?"

„Äh, nein. Zwölf", sagte Angelos.

Dann hörte Yariv einen Schrei durchs telefonieren.

„Korrigiere: dreizehn!"

8

Als Yariv das Boot nach links steuerte, hatte er freie Sicht auf den Strand. Was er sah, war skurril: auf dem Strand standen nur drei oder vier Personen, am oberen Ende hingegen drängten sich Hunderte von Menschen an den Eingängen – wie beim Einlass zu einem Konzert.

Dann fiel Yariv auf, dass an vielen Stellen rote Fähnchen im Sand steckten. Er konnte sich keinen Reim darauf machen.

Er stoppte das Boot, sprang auf die provisorische Mole und vertäute es.

„Komm, Daniel, Angelos steht da hinten!"

Kommissar Nikakis platzierte gerade ein weiteres Fähnchen.

„Hallo, Jungs! Schöner Mist!"

Erst jetzt sah Yariv, warum zu seinen Füßen ein Fähnchen steckte.

„Scheiße, ein Schädel?"

„Nicht einfach nur ein Schädel, sondern auch mit Garnierung. Haare und einige Gewebeteile. Bei den anderen hatten die Fische etwas mehr Appetit. Von ratzekahl bis halb zerfressen haben wir alles im Angebot", sagte Angelos.

„DREIZEHN KÖPFE?", fragte Yariv.

„Vierzehn. Alle schön verteilt quer über den Strand. Gott sei Dank war Maria schnell hier und hat mit den Kollegen alles geräumt und abgesperrt!"

Angelos hatte kaum ausgesprochen, als ein sichtlich zorniger Mann über den Strand auf ihn zu stapfte.

„Wer ist denn das?", fragte Yariv.

„Giorgios vom ,Jackie O.'", knurrte Angelos.

Schon aus fünf Meter Entfernung fing Giorgios an zu schimpfen.

„Ich bin gerade erst gekommen. Meine Leute sagen mir, der Strand wäre gesperrt. Bist du wahnsinnig? Das kostet mich 20.000 Euro pro Tag. Ich verlange eine Erklärung!"

Angelos verschränkte die Arme und lächelte.

„20.000 Euro? Ich bin mir sicher, dass du bei der Steuer keine 600.000 pro Monat angibst!"

„Äh, äh, ich wollte zweitausend sagen. Was ist hier los?"

„Yariv, der Bürger hier verlangt zu Recht Auskunft, was hier los ist. Würdest du bitte Karton Nummer 12 holen?"

„Gerne", sagte Yariv und grinste.

Angelos drückte Giorgios den Karton in die Hände.

„Das ist der Grund", sagte Angelos.

„Und was soll das sein? Ein toter Fisch?"

„Aufmachen!"

Giorgios konnte sich nicht entscheiden, ob er zuerst schreien oder würgen sollte.

Er machte beides gleichzeitig und ließ den Karton fallen.

„Heute bleibt Paradise geschlossen. Wenn nötig auch morgen. Ende der Diskussion!"

Schwankend stapfte der Beachclub-Besitzer von dannen.

„Das war der erste – und nicht der letzte", seufzte Angelos.

„Und was machen wir jetzt?", fragte Yariv.

„Maria fotografiert alles. Danach packen wir die Köpfe einzeln in Kartons, bringen sie in die Klinik und schauen sie uns genauer an. Dann verpissen sich hoffentlich auch die Gaffer!"

Yariv schaute auf die blockierten Zugänge zum Strand.

Es waren Hunderte von Menschen – der Fund hatte sich also herumgesprochen. Es würde keine

zehn Minuten dauern, bis die ersten Fotos auf
Twitter oder Instagram zu sehen sein würden.
„Hat einer von euch Probleme, die Dinger
anzufassen?", fragte Angelos, aber Yariv und
Daniel schüttelten den Kopf.

9

Zu allem Überfluss rief am Abend auch noch
Premierminister Antonis Migiakis an.
„Woher weiß der schon Bescheid?", fragte
Yariv.
„Kann er nicht", sagte Angelos und tippte auf den
grünen Knopf.
„Bin beschäftigt", knurrte er.
„Ich freue mich auch", sagte Migiakis. „Wir haben
ein Problem!"
„Was du nicht sagst!"
„Einer der Hyänen von der ‚Kathimerini' hat heute
angerufen, und gefragt, warum die Marine
Mykonos vor Flüchtlingen schützt", sagte der
Premierminister.
„Wir beide kennen den Grund", sagte Angelos
und lachte.
„Ja, aber der darf nicht an die Öffentlichkeit
kommen!"
„Stimmt. Und was solltest du sagen, wenn einer
fragt?"

„Dass die Marine die Schifffahrtsstraße nach Istanbul freihalten muss. Ein Queren wäre zu gefährlich – für die großen Schiffe und die Flüchtlinge!"

„So ist es. Schildere doch dem Schnüffler bildlich, was passiert, wenn Frauen und Kinder von einer Schiffsschraube zerfetzt werden", sagte Angelos.

„Außerdem habe ich ganz andere Sorgen. Bei mir hat es heute vierzehn Köpfe an den Strand gespült!"

„Was für Köpfe?", fragte Antonis.

„KÖPFE. Das, was bei dir als Regenschutz auf dem Hals sitzt. Köpfe – ohne Restkörper!"

„Und zu wem gehören die Köpfe?", fragte Antonis, bereute die Frage aber sofort.

„WOHER SOLL ICH DAS WISSEN? Ich habe die Köpfe gefragt, aber sie antworten mir nicht. Es gehen immer nur die Kiefer rauf und runter", schnauzte Angelos Migiakis an. „Sag mal, was für Voraussetzungen braucht man denn, um Premierminister zu werden? Intelligent fragen gehört sicher nicht dazu!"

Antonis lachte.

„Hm. Man sollte passabel Griechisch sprechen können, stubenrein sein und die Fähigkeit besitzen, das Gehirn während Sitzungen abzuschalten. Nebenbei: der Geheimdienstchef hat mir geflüstert, du hättest einen neuen Liebhaber?"

Die Frage war die Retourkutsche für Angelos´ Wutanfall.

„Der Geheimdienst glaubt, er wäre ein israelischer Spion!"

„WAS BITTE? Mit wem ich schlafe, geht Athen nichts an. Zweitens wohnt der ‚Spion' bei uns zuhause. Drittens ist Daniel DJ und viertens weiß Yariv Bescheid. Fünftens: beim nächsten Mal, wenn ich Tservakis treffe, kriegt er eine aufs Maul!"
„Eine Ehe zu dritt? Stell´ ich mir schwierig vor", sagte Migiakis süffisant.
„Leck mich", knurrte Angelos. „Und jetzt entschuldige mich: ich muss noch einmal jeden Kopf fragen, zu wem er denn gehört!"
Schnaubend tippte Angelos auf ‚Anruf beenden'.

10

Eine Leiche hat ein beschwerliches Nicht-Leben, sofern sie auf griechischen Inseln gefunden wird.
Hitze und Luftfeuchtigkeit richten an einem toten Menschen mehr Schaden an als am lebendigen Objekt. Wird sie dennoch in passablem Zustand entdeckt, beginnen die Qualen erst. Denn: wohin damit?
Der kluge Leser denkt: na, in die Pathologie, wohin sonst? Doch die nächste Obduktions-einrichtung liegt meist Stunden entfernt, auf dem Festland und der Weg dorthin ist beschwerlich und umständlich. In Passagiermaschinen dürfen

keine Leichen mehr transportiert werden, ein Hubschrauber ist zu teuer und an Bord einer Fähre verwandelt sich manche Leiche infolge Hitze und Dauer von einem ehemals vorzeigbaren menschlichen Wesen in einen Fesselballon des Grauens, der beim Ausladen in Athen oder Saloniki mitunter regelrecht explodiert.

Und so muss die Kriminalpolizei auf den Inseln improvisieren. Im Falle Mykonos wurde im Keller der Hygeia-Klinik in der Oberstadt ein kleiner Kühlraum als ‚Pathologie' eingerichtet. Die sehr pragmatische Lösung hatte nur einen Nachteil: der Chefarzt der Klinik war natürlich kein ausgebildeter Pathologe und hatte – für einen Mediziner – eine erstaunliche Abneigung gegenüber toten Patienten. Sie schlugen ihm auf den Magen.

Und so obduzierten Kommissar Nikakis und Ehemann Yariv die Leichen meist selbst, nur bei kniffligen Fällen landen mykonische Leichen in der Pathologie in Athen.

Angelos, Yariv und Daniel trugen ihre Kartons mit den Köpfen in den Keller der Klinik. Ohne Kenntnis des Inhalts wunderte sich das Klinikpersonal allein schon über die Menge und die ungewöhnliche Form der Transportbehälter.

Schon beim zweiten Durchgang, als die Köpfe Nummer 4 bis 6 in den Keller getragen wurden, erschien Chefarzt André Silva im Gang.

„Was ist denn in den Kartons? Tote Katzen oder Fische? Wir sind eine Humanklinik. Ist dir schon klar, Angelos?"

Kommissar Nikakis ließ die Frage unbeantwortet, wohl wissend, dass es Silva vor Neugier zerreißen würde, bis sie die restlichen acht Kartons in den Kühlraum geschafft hätten.

Es dauerte auch keine Minute, bis Silva den Pathologie-Raum mit dem improvisierten Seziertisch betrat.

„Also, was soll diese Kartons-Parade? Ist eine Küchenhilfe in den Schredder gefallen?"

Angelos grinste.

„Daniel, reiche mir bitte Karton Nummer zwölf!"

„Nicht die zwölf", flüsterte Yariv, der ahnte, was passieren würde. Aber es war zu spät.

Angelos griff in die Schachtel und zog den Kopf aus dem Karton.

Silvas Gesichtsfarbe wechselte von Rot über Gelb bis hin zu Grün, was ein sicheres Zeichen für unmittelbar bevorstehendes Übergeben war.

Daniel reichte Silva rechtzeitig den leeren Karton, doch der Geruch war nicht gerade hilfreich und so sackten dem Chefarzt die Beine weg.

„Du wolltest es wissen", sagte Angelos.

„Und was ist in den anderen Schachteln?"

„Gleicher Inhalt!"

„Vierzehn Köpfe?", fragte Silva ungläubig. „Und die dazugehörigen Körper?"

„Keine Ahnung. Werden vielleicht noch ange-schwemmt. Was wir aber jetzt brauchen, wäre einer dieser Schraubstöcke, wie man sie für Gehirnoperationen benötigt", sagte Angelos.

„Hast du so etwas?"

„Du meinst eine Mayfield-Klemme", meinte André.

„Klugscheißer", knurrte Angelos.

„Ich hole die Klemme", knurrte Silva, „aber den Rest machst du selbst!"

„Hätte ich auch so gemacht. Wer war denn hier neugierig?!", fragte Angelos.

Chefarzt André Silva grinste.

„Übrigens: seid wann haben wir denn drei Kommissare auf der Insel?"

Angelos lief rot an.

„Vielleicht hat die Insel bald keinen Chefarzt mehr!"

„Was regst du dich so auf?", fragte Yariv. „Weder ich noch Daniel haben ein Problem mit dummen Sprüchen. Wir lieben dich beide und keiner setzt dich unter Druck!"

„Aber es fühlt sich nicht richtig an", sagte Angelos niedergeschlagen.

Yariv verdrehte die Augen.

„Es ist keine Schande, zwei Menschen zu lieben. Außerdem wären die Damen und Herren hier froh, deine Probleme zu haben. Irgendwie haben die, glaube, ich kein Liebes-leben mehr. Also machen wir jetzt bitte unsere Arbeit!"

Zehn Minuten später steckte Kopf Nummer 12 fest im Gestell, mit Blick nach oben.

„Also das ist eindeutig der ekligste", meinte Daniel. Und er hatte recht, denn ein Auge war offensichtlich als Delikatesse in einem Fischmagen gelandet und im Halsbereich krabbelten noch mehrere Tierarten, die sich von der Anwesenheit zweier Kommissare sichtlich unbeeindruckt zeigten und ihr Festmahl fortsetzten.

„Yariv, du fotografierst das Ding bitte!"

„Was läuft da für ein Zeug aus der Nase?", fragte Daniel.

„Die Antwort wird dir nicht gefallen: ein Teil des Gehirns. Ein Festschmaus für Meeresgetier. Sehr viel dürfte nicht mehr übrig sein. Soll ich den Schädel auffräsen?", fragte Angelos.

„Danke, nein. Ich ziehe die Frage zurück", sagte Daniel. Dennoch war Angelos mehr als angetan von Daniels cooler Reaktion. Bei meiner ersten Obduktion bin ich umgekippt, erinnerte sich Angelos. Mittlerweilen erschüttert mich nichts mehr. Spätestens seit der Leiche aus der Wagenpresse, die damals als ein wabbeliger Fleischklumpen in Quadratform auf dem Tisch mäandert war.

„Diese blöden Viecher haben die Schnittkante angefressen", knurrte Angelos. „Herkunft: was glaubst du, Yariv?"

„Puh. Da sollten wir auf die Genanalyse warten!"

„Man kann an der DNA die Nationalität feststellen?", fragte Daniel mit Erstaunen.

„Jein. Die DNA zeigt die Herkunft. Europäer, Afrikaner ... Es gibt bestimmte Mischmuster. Meist hilft dann noch eine Blut- oder Gewebeprobe plus eventuelle Vorerkrankungen. Bei verengten Gefäßen ist es in der Regel kein Südeuropäer, weil die mehr Fisch und Olivenöl konsumieren als Mittel- und Nordeuropäer. Hilfreich ist oft auch der Mageninhalt – leider fehlen unseren Besuchern hier die entscheidenden Körperteile!"

„Was ist mit den Köpfen, bei denen nur der reine Schädel übrig ist? Kein Haar, kein Gewebe.

Woraus gewinnt man bei denen die DNA?",
fragte Daniel.

„Aus dem Knochen. Ist nur aufwändiger, weil der
Knochen gemahlen werden muss. Wir müssen
lediglich ein Stück aus dem Schädel brechen",
erklärte Angelos.

„Gut. Dann nehme ich mal den Hammer da und
schlage den kahlen Jungs und Mädels den Kopf
ein. Ihr übernehmt die Köpfe mit Fleisch und
Haarzusatz", sagte Daniel.

Angelos nickte und widmete sich wieder dem
Kopf im Schraubsto .., nein: in der Mayfield-
Klemme. Er griff zu der Handdusche und säuberte
vorsichtig das, was vor kurzem noch der Hals des
Mannes war. Es war zweifellos ein Mann, denn im
Gesicht waren noch Haare zu erkennen.

Eine gelb-grüne, widerliche Flüssigkeit mit beweg-
lichem Inhalt floss Richtung Ausguss.

Selbst Yariv begann zu würgen.

„Ich bitte darum, dass du mich bitte nicht ersäufst.
Die Vorstellung, dass das Getier mein Gehirn frisst,
behagt mir gar nicht", sagte Yariv.

„Keine Sorge. Ich gewähre dir einen sauberen
Schuss", meinte Angelos lapidar und ging noch
näher an die gereinigte Stelle.

„Schau dir das Rückenmark an. Entweder ein
ungewöhnlich glatter Bruch … aber für einen
Genickbruch zu weit unten …"

„Bedeutet was?", fragte Yariv.

„Schwert oder Machete", sagte Angelos.

„Nicht dein Ernst", sagte Daniel. „Jemand richtet
vierzehn Menschen mit einem Schwert hin?

Machen die Saudis mit ihren Todeskandidaten vorher eine Kreuzfahrt in die Ägäis?"

Angelos lächelte.

„Als Arbeitshypothese gar nicht mal übel. Dass die vierzehn Köpfe gleichzeitig angespült wurden, könnte dafürsprechen, dass die Gruppe auch zum Zeitpunkt des Todes zusammen war. Was brauchen wir also als Nächstes?"

Yariv und Daniel schauten sich an und zuckten mit den Schultern.

„Einen Strömungsexperten. Wir müssen den Tatort finden", sagte Angelos.

„Das kann ja heiter werden. Die Ägäis ist nicht gerade klein", meinte Yariv. „Und ist irgendwie auch für Spurensicherung denkbar ungeeignet!"

„Du machst mir echt Mut", knurrte Angelos, als Daniel den Hammer zum ersten Mal niedersausen ließ. Zu hören war nur ein lautes Knacken.

„Ganz schön stabil", meinte er überrascht.

Plötzlich ging die Türe auf und Chefarzt Silva kam herein.

„Äh, ich wollte nur sagen, dass ich gerade drei Anrufe hatte. TV-Sender, die wissen wollten, ob wir irgendetwas von Köpfen wüssten, die am Strand gefunden wurden!"

„Ich hoffe für dich, dass du vehement dementiert hast", sagte Angelos.

„Ich tue doch alles für unseren Bürgermeister und Hauptkommissar", antwortete Silva grinsend.

„Also hab ich denen gesagt, sie sollen morgen bei euch anrufen. Einer der drei Kommissare ist bestimmt erreichbar!"

Angelos packte den zertrümmerten Schädel und warf ihn in Richtung des Chefarztes, der aber rechtzeitig in Deckung gegangen war.

Daniel musste lachen.

„Wenn ich jetzt auch Kommissar bin, bekomme ich dann meine eigene Knarre?"

„Du spielst schon mit Angelos´ großer Knarre. Das muss reichen", meinte Yariv vergnügt.

„Du bist ja richtig witzig heute", knurrte Angelos.

„Im Ernst. Das wird morgen ein Alptraum, wenn die ganzen Presse- und Fernsehfuzzis aufmarschieren", sagte Yariv.

„Es geht jetzt schon los", sagte Daniel. Er hatte sein Smartphone in der Hand. „Populärste Tweets in Griechenland: Hashtags ‚Mykonos‘, ‚Paradise‘ und ‚Dead Head Beach‘!"

„Strand der toten Köpfe? Ein Kopf ohne Körper ist meistens tot. Geht´s nicht intelligenter?", fragte Angelos kopfschüttelnd.

„Moment. Gerade kommt ein neuer nach oben: ‚Poseidons Kinder‘. Was soll das denn?", fragte Daniel.

Angelos stöhnte auf.

„Nein. Bitte nicht dieser Bullshit. Das hat uns gerade noch gefehlt!"

„Was sind denn bitte ‚Poseidons Kinder‘?", fragte Yariv.

„Später, Leute! Yariv, Fotos, von den Köpfen, die noch halbwegs normal aussehen", sagte Angelos.

„Und später durch die Gesichtserkennung laufen lassen?"

Angelos schüttelte den Kopf.

„Das wird nichts bringen. Die Gesichter sind aufgedunsen. Sämtliche Referenzpunkte verschoben!"

„Außer den Ohren", widersprach Yariv.

„Ohren?", fragte Daniel.

„Yariv hat nicht unrecht. Ohren sind Fingerabdrücken sehr ähnlich. Das Problem ist nur, dass beide auf den eingespeisten Fotos gut zu sehen und vermessbar sein müssen. Abgesehen davon, dass nur ein winziger Bruchteil der Menschen im System sind!"

„Bringt also nur etwas, wenn einer der Köpfe der eines Verbrechers ist", sagte Daniel. „Und der muss auch noch schräg in eine Kamera gegrinst haben, damit die Ohren gut zu sehen sind. Das klingt nach einem Gewinnerlos in der Lotterie", sagte Daniel.

„Stimmt. Für uns wäre es besser, wir hätten statt der Köpfe andere Körperteile. Am Kopf findet man keine Tattoos, keine OP-Narben … also könnte nur die DNA vage Hinweise bringen. Wir haben keinen Tatort mit Spuren. Also hoffen wir, dass wir über die Meeresströmung das Gebiet eingrenzen können!"

„Und was soll das helfen?", fragte Daniel.

„Die Ägäis wird engmaschig von Drohnen überflogen. Nichts bleibt unentdeckt. Können wir das Gebiet eingrenzen und einen Zeitraum bestimmen, bringen die Aufnahmen eventuell etwas. Nur fehlt mir jegliche Vorstellung, was das Motiv sein sollte!"

„Außer Poseidons Kinder", meinte Daniel und grinste.

11

Es war gegen 20 Uhr, als das Trio zuhause auf die Sunbeds fiel.

„Ich rufe beim Lieferdienst an und mache Espresso", sagte Daniel. „Ich weiß, was ihr wollt! Und während wir aufs Essen warten, erzählst du uns endlich, was denn ‚Poseidons Kinder' sind!"

„Er ist nicht nur schön und nett, sondern auch mehr als nützlich", meinte Yariv glucksend. „Ich gewöhne mich noch an ihn!"

„Bitte, Yariv. In meinem Kopf herrscht komplettes Chaos", sagte Angelos – und schon war der Grund wieder zurück, mit einem Tablett Espressi.

„Du hast zwanzig Minuten", meinte Daniel und lehnte sich in seinem Stuhl zurück. „Wir hören?"

Angelos holte tief Luft.

„‚Poseidons Kinder' ist eine alte mykonische Legende. In der Antike war Delos die Hauptinsel, quasi eine Großstadt. Dichter besiedelt als jeder andere Fleck auf dieser Erde. Mit den gleichen Folgen wie sie heute auftreten.

Eine Immobilienblase nennen wir das. Alteingesessene werden vertrieben und deren Grund um ein Vielfaches teurer verscherbelt!"

Daniel grinste.

„Heißt: dein Amtsvorgänger vor 2500 Jahren hatte exakt das gleiche Problem und war genauso machtlos! Natürlich sah er nicht annähernd so gut aus wie du!"

Yariv lachte laut.

„Macht euch nur weiter lustig über mich", knurrte Angelos.

„Bitte weiter", sagte Daniel. „Ich bin auch brav!"

„Das bezweifle ich. However: viele Ärmere mussten von Delos nach Mykonos übersiedeln, hauptsächlich Fischer, für die es einfacher war, ihre Boote anzulanden. Bis vor siebzig Jahren gab es keine befestigte Promenade. An der Stelle war ein Sandstrand, auf dem die Boote lagen. Aber Fischer sein, hieß immer: du bist in Lebensgefahr!"

„Der grässliche Wind", warf Daniel ein.

„Ja. Jedenfalls muss das Wetter in einem Jahr, ungefähr 500 Jahre vor Christi, besonders schlecht gewesen sein, dass die Fischer fast verhungert wären – direkt am Meer. Unfassbar. Also sollen sie angeblich Poseidon Tieropfer dargebracht haben!"

„Bitte? Ich dachte, die Griechen waren eine Hochzivilisation", sagte Daniel.

„Das waren die Maya auch. Außerdem war es die Zeit der Vielgötterei. Allerdings brachten die Tieropfer nichts. In ihrer Verzweiflung sollen die Fischer dann drei Kinder, ihre eigenen, gefesselt ins Meer geworfen haben, um Poseidon zu besänftigen. Oder bei seinem Kollegen Aiolos ein gutes Wort einzulegen!"

„Aio ... wer?", fragte Daniel.

„Aiolos. Der Gott des Windes. Aber offensichtlich zeigten sich beide Herren unbeeindruckt. Drei Tage später saßen die Fischer vor ihren Häusern, als eine große Welle kam und drei Kinderschädel auf das Ufer warf!"

„Ah. Poseidons Kinder", sagte Daniel.

„Ja. Alle drei Väter starben innerhalb der nächsten sieben Tage, an Land. Und diese bescheuerte Legende besagt, dass wenn Poseidon wieder Schädel vor Mykonos auskotzt, eine große Zeit des Leidens über die Insel kommt. So. Jetzt wisst ihr es", sagte Angelos. „Die Alten, vor allem die, die Fischer waren, sind allesamt abergläubisch und erzählen diesen Unsinn ihren Kindern und Enkeln!"

„Aha. Du glaubst, es gibt Leute, die behaupten werden, die Köpfe seien ein göttliches Zeichen? So bescheuert kann doch niemand sein!"

„So? Bill Gates verspeist Kinder in einer Höhle und erfindet Corona, um uns einen Chip einzupflanzen? Bei mir waren Leute, die ich für halbwegs intelligent hielt, und haben diesen Stuss von sich gegeben. Das Problem ist: solange wir keine handfeste Erklärung haben, werden diese Vollidioten die Deutungshoheit haben!"

„So viel zur Geschichte. Können wir jetzt bitte zurück zur Realität? Du weißt, dass wir Nachtwache halten müssen?", fragte Yariv.

Er hat recht, dachte Angelos. Gegen Mitternacht würde der Wind auflauen und eventuell neue Köpfe in Richtung Mykonos treiben.

„Stimmt. Das Letzte, was wir brauchen wäre ein Reporter, der einen Kopf in die Kamera hält. Oder gar ein Tourist", sagte Angelos.

„Gott sei Dank sind wir jetzt drei Kommissare. Ich mache die erste Schicht, Daniel die zweite und du, Angelos übernimmst ab 6 Uhr. Dann bekommst du wenigstens etwas Schlaf. Morgen wird die Hölle los sein", sagte Yariv.

Angelos überlegte.

„Wir sperren die Straße schon ab dem Flughafen und ab der Steilkurve bei Veneti. Durchfahren dürfen nur Anwohner mit Ausweis!"

„Das hält die Medien nicht ab. Sie werden mit Hubschraubern kommen und zur Not mit dem Boot. Du kannst sie ja schlecht versenken!"

„Wir machen es anders. Wenn morgen früh hier die ersten Anrufe eingehen, sagst du, ich gebe eine Pressekonferenz vor dem Rathaus, sagen wir um elf. So ziehen wir die Teams weg vom Strand. Wer etwas Neues erfahren will, muss in die Chora", schlug Angelos vor.

„Etwas Neues? Da hast du nicht viel, außer du willst deine Poseidon-Geschichte zum Besten geben", wand Yariv ein. „Die DNA-Untersuchung dauert mindestens eine Woche – wenn du Druck machst!"

„Hast du eine bessere Idee?", knurrte Angelos.

„Irgendetwas muss ich sagen! Und zur DNA: da könnte der Reporter-Pöbel sogar helfen. Der öffentliche Druck wird Karnezis antreiben!"

Karnezis war der Chef der Athener Pathologie.

Daniel gähnte.

„Ich leg mich hin. Schließlich soll ich ab zwei Uhr übernehmen!"

Eine Minute später war er eingeschlafen.

Leise sagte Angelos:

„Schau ihn dir an. Bitte sag mir irgendetwas, was an ihm schlecht ist. Irgendetwas, was dich stört!"

Yariv grinste.

„Da ist nichts. Er ist süß, intelligent und witzig. Wie gesagt: ich kann verstehen, dass du dich verliebt hast. Ich wusste es sofort, als ich ihn gesehen habe!"

„Hättest du ihn mal nicht ins Haus gelassen", knurrte Angelos.

„Zu spät. Großer!"

„Entweder bin ich total verkorkst oder ein Riesenarschloch!"

„Quatsch. Du bist ein Gefangener deiner Gefühle und das ist etwas Positives, denn: du kannst nichts verbergen. Man sieht sofort, was Sache ist, daher bist du nicht fähig zu lügen. Man hat bei dir nie das Gefühl, dass du einen hintergehen könntest. Und Vertrauen ist das Wichtigste, dann braucht man auch keine Angst haben. Deswegen bin ich so entspannt", sagte Yariv.

„Du bist ein Heiliger. Ich, äh, ich weiß nicht, wie ich es dir sagen soll: ich möchte Daniel Dragonisi zeigen!"

Yariv lachte laut.

„Das gleiche Romantikprogramm wie bei mir!"

„Sag nicht, dass es dir nicht gefallen hat!"

„Es war einer der schönsten Tage meines Lebens. Zu zweit alleine auf einer Insel, die Grotten bei Sonnenuntergang. Er wird dir hinterher endgültig verfallen!"

„Würdest du mitkommen? Ich möchte dich ungern ausschließen", sagte Angelos.

„Der Tag gehört Daniel und das ist ok. Dann kann ich endlich mal in Ruhe malen!"

„Aber ich kann doch nicht mit Daniel …", begann Angelos, aber Yariv unterbrach ihn:

„Du kannst und sollst. Es ist kein Problem. Unsere Beziehung geht so tief, das gegenseitige Vertrauen ist so groß … Aber ich muss jetzt gehen: ich habe die erste Schicht!"

„Kleiner? Ich liebe dich mehr denn je!"

„Ich dich auch. Und jetzt leg dich zu deiner zweiten Liebe. Es ist vollkommen ok!"

Angelos legte sich zu Daniel aufs Bett. Kaum hatte er den Arm um Daniel gelegt, fing der an zu schnurren.

„Du kleiner Scheißkerl hast zugehört", sagte Angelos und lachte.

„Natürlich. Ich muss doch wissen, was du über mich sagst. Wo verfalle ich dir endgültig? Auf Drago … was?"

„Dragonisi. Mehr wird nicht verraten!"

„Bedeutet das, ich habe den Herrn Bürgermeister am Haken?", fragte Daniel und grinste.

„Frecher Kerl. Der Herr Bürgermeister hat den Köder längst geschluckt. Momentan bohrt sich der Haken ins Herz!"

„Gut. Dann bleibe ich interessant für dich. Was machen wir jetzt in den drei Stunden?"

Angelos lachte.

„Mir fällt überhaupt nichts ein!"

„Darf ich nochmal oben? Aber nur, wenn du wirklich möchtest!"

Angelos seufzte.

„Yariv hat es dir erzählt, nicht wahr?"

Daniel nickte.

„Deswegen verstehe ich, wenn …"

Aber Angelos unterbrach ihn.

„Du darfst alles!"
Daniel lächelte.
„Um das vorher klarzustellen: ich liebe dich sehr.
Wenn ich flapsig oder frech bin, versuche ich nur
zu überspielen, dass … ich bin zum ersten Mal
richtig verliebt!"
„Da haben wir beide ja einen schönen
Schlammassel angerichtet. Und dann hat
Poseidon auch noch Verdauungsprobleme",
knurrte Angelos Nikakis.

12

Es war fünf Uhr, als Angelos wieder per Boot
am ‚Paradise' eintraf. Er war sich sicher, dass
Daniel auf seiner Liege schlief. Polizisten sind
Warten gewöhnt: es ist ihre Hauptbeschäftigung.
Doch er tat Daniel unrecht.
„Ich wusste, dass du früher kommst", sagte er.
„Ich konnte nicht schlafen. Dann kann ich auch
gleich herkommen!"
„Du bist wegen mir früher gekommen", meinte
Daniel und grinste.
„Du bist so herrlich unbescheiden, Frechdachs!
Ich habe Kaffee mitgebracht!"
„Super! Und wie wäre es mit einem Begrüßungs-
kuss?"

„Daniel, dort oben stehen vier Feuerwehrleute, zwei Polizisten und wir sitzen hier unter einer Lichtgiraffe. Glaube mir, die dort oben interessieren sich nicht für Köpfe, sondern für uns. Küssen wir uns, ist das Foto um acht bei Twitter und um zwölf haben wir 100 Kommentare, 300 Retweets und 800 Likes. Mykonos ist *das* Tratschzentrum überhaupt. Weißt du, dass das erste Telefon erst 1968 installiert wurde? Ich kann dir auch sagen, warum!"

„Weil der Buschfunk genauso schnell war", vermutete Daniel und lachte.

„Exakt. Und ich will alles verhindern, was Yariv bloßstellen würde", sagte Angelos. „Das hätte er nicht verdient!"

„Das verstehe ich. Aber er akzeptiert, dass wir uns lieben", meinte Daniel.

„Im Innenverhältnis, ja. Aber er würde zum Gespött der Leute, oder eher ich, sollte es zu öffentlich werden. Und ich befürchte, dass er mich dann vor die Wahl stellt!"

„Und wie würdest du dich dann entscheiden?"

„Du kennst die Antwort. Ich liebe ihn. Aber ich liebe auch dich. Wenn dir das zu wenig ist, dann sag es. Es würde mir verdammt wehtun, aber ich müsste es akzeptieren", sagte Angelos niedergeschlagen.

Daniel legte seinen Kopf auf Angelos´ Schulter.

„Keine Sorge. Wenn dir Yariv keinen Druck macht, warum sollte ich es tun? Ich liebe dich. Ich denke einfach nicht an die Zukunft und bin im hier und jetzt glücklich!"

„Gott sei Dank", sagte Angelos erleichtert und streichelte Daniel über die Wange. „Ich werde die nächsten Tage wenig Zeit haben und vielleicht etwas ruppig sein. Diese bescheuerten Köpfe werden mich auf Trab halten. Das musst du wissen!"

„Das ist mir doch klar. Und ich helfe dir. Deswegen bin ich seit zwei Uhr hier!"

„Natürlich. Entschuldige. Aber ich verspreche dir, dass, wenn ich ein paar freie Stunden habe, dann machen wir zwei einen Ausflug", sagte Angelos.

Daniel strahlte.

Wegen des Lächelns und der Kulleraugen bekam Angelos eine Gänsehaut.

„Romantik und Sex?"

Angelos lachte.

„Yariv hat diesen Ausflug sehr genossen, also denke ich, dass er auch dir gefallen wird!"

„Wenn ich dich jetzt nicht küssen darf, schreie ich", sagte Daniel.

Angelos stand auf, ging zur Lichtgiraffe und drückte auf den roten Knopf.

„Wir haben zwei Minuten", sagte er.

Sie hatten drei Minuten, bis eine Stimme rief:

„Alles in Ordnung, Angelos?"

„Äh. Ja, ich bin aus Versehen an den Schalter gekommen!"

„Na, klar!", rief die Stimme.

„Die wissen es schon", sagte Angelos resignierend.

„Jeder kann es sehen, in deinen und meinen Augen. Sag jetzt nicht, dass dich noch keiner darauf angesprochen hat!"

„Doch. Maria hat mich gefragt, ob du schon volljährig bist", sagte Angelos und lachte.

„Ich hab dir sogar meinen Pass gezeigt. Ich bin 30. Aber es stimmt: letztes Jahr war ich in Amerika. Ich musste bei jedem Bier oder Drink meinen Ausweis zeigen. Ich hab mir extra einen Dreitagebart wachsen lassen, um älter auszusehen. Aber es liegt wohl …"

„… an dem Elfenbeingesicht und den Teddybär-augen!", seufzte Angelos.

Plötzlich hörte er ein knirschendes Geräusch. Jemand näherte sich. Er drehte sich um.

Es war Maria.

„Na, ihr Turteltäubchen, wie wäre es, wenn ihr ab und zu mal nach vorne schauen würdet? Die zwei Köpfe kann ich von hinten sehen!"

Tatsächlich tanzten zwei weitere Schädel auf dem Wasser. Einer schneeweiß, der andere sah aus, als wäre er gerade erst von seinem Körper getrennt worden.

„Bitte hole gleich mehrere Kartons, Maria. Es werden nicht die letzten sein!"

Als Maria davonstapfte, sagte Daniel:

„Sie mag mich nicht!"

„Ich bin ihr Vorgesetzter. Ich befehle ihr einfach, dich zu mögen", sagte Angelos und grinste. „Hör zu: Mykonos tut immer so international. Man nimmt jede Währung der Welt. Aber die Einheimi-schen sind in ihrem Kopf trotzdem noch etwas rückständig. Yariv ist Grieche und du bist Israeli. Deswegen bist du der Eindringling!"

„Spielt die Nationalität eine Rolle, wenn zwei Menschen sich lieben?"

„Du hast einen Palästinenser geliebt. War das einfach?", entgegnete Angelos.

„Nein. Du hast recht!"

„Aber für mich spielt es keine Rolle. Für Yariv auch nicht. Und wenn das zum Problem werden sollte, trete ich einfach zurück", sagte Angelos.

„Das würdest du tun? Wegen mir?", fragte Daniel.

„Ja. Und jetzt an die Arbeit. Ich hole die Köpfe, du hältst Ausschau nach weiteren!"

13

Gegen 6 Uhr 30 begann die Show. Das näherkommende Knattern signalisierte: die Meute von Reportern war im Anrollen, allen voran die TV-Teams, die ihrer Kundschaft per Hubschrauber eine Luftaufnahme der Showbühne liefern konnten. Vielleicht hofften sie auch, auf dem Meer tanzende Köpfe bildlich einfangen zu können.

„Lass den Luftraum sperren", hatte Yariv am Abend vorgeschlagen.

„Aha. Und womit soll ich das durchsetzen? Mit Patriot-Luftabwehrkanonen?", lautete Angelos´ Antwort.

Momentan gab es nicht viel zu sehen. Die neuen Köpfe waren bereits verpackt. Nun stand das an, was Angelos gerne vermieden hätte.

Der Anruf bei der Pathologie in Athen. Deren Leiter, Karnezis, war als extrem sperrig gefürchtet. Angelos hatte die DNA-Proben am Abend mit dem letzten Olympic-Flug um 23 Uhr nach Athen schaffen lassen.

Und Karnezis reagierte seinem Ruf entsprechend. „Das ist wieder mal ein typischer Nikakis. Was zum Teufel soll ich mit einem Knochenstück? Glaubst du, ich habe die Zeit, um eine halbe Stunde lang mit dem Stößel deinen verfluchten Knochen zu zerbröseln? Und bilde dir ja nicht ein, dass ich dich bevorzugt bediene. Genauer gesagt: du bist Nummer 45 in der Warteliste", schimpfte Karnezis.

„Reg dich ab. Ich rufe nur an, um dir die folgenden Ereignisse zu schildern: gegen Mittag sind meine Köpfe die Hauptnachricht. Ab zwei Uhr rufen die Journalisten im Polizeipräsidium an, um nachzufragen, wann denn mit den Laborergebnissen zu rechnen sei (Nein. Sie werden fragen, warum es so lange dauert). Um vier platzt unserem geschätzten Polizeipräsidenten der Kragen und du wirst sein Opfer. Solltest du zu widerborstig sein, folgt um sechs der Innenminister", sagte Angelos und grinste dabei, was Karnezis regelrecht sehen konnte.

„Du bist schlimmer als die Pest. Na gut. Morgen früh. Hast du die heutige ‚Kathimerini' schon gelesen?"

„Die lese ich nie. Klatschblatt!"

„Nun, du solltest heute eine Ausnahme machen. Unter ‚Buntes‘ ist ein schönes Foto von dir mit Begleitung. Mit der Unterzeile ‚Bürgermeister Nikakis mit Ehemann Yariv – und dem geheimnisvollen Neuen‘. Der sieht ziemlich jung aus. Ist das dein Sohn?"

Karnezis lachte laut. Angelos drückte ihn weg und tippte auf ‚Maria‘.

„Ich brauche die ‚Kathimerini‘ von heute", sagte er.

Maria lachte.

„Du brauchst nur zum Parkplatz vom Tropicana zu laufen. Da wird gerade ein Exemplar herumgereicht!"

Angelos stöhnte.

„Du bist verheiratet, Angelos. Wir alle mögen Yariv. Was soll der Mist?"

Angelos platzte der Kragen.

„Jetzt hör mal zu: als es dir dreckig ging, wer war denn für dich da? Hä? ICH. Ich habe mich um dich gekümmert. Jetzt, wo ich in Schwierigkeiten stecke, solltest du mir helfen, anstatt mich anzugreifen. Daniel ist kein Seitensprung. Ich liebe zwei Männer und mich zerreißt es fast. Ende der Durchsage!"

Angelos blickte hinaus aufs Meer. Jetzt war es soweit. Alle würden es spätestens am Nachmittag wissen, Yariv öffentlich zum Gespött werden.

Der Kessel explodiert und der Deckel knallt mir voll ins Gesicht.

Zehn Minuten später hielt Angelos das Exemplar der Zeitung in den Händen. Wortlos zeigte er

Daniel, der trotz Schichtende noch immer am Strand war, den Artikel.

„Geheimnisvoll? Gut. Dann bleibe ich interessant für dich. Außerdem schicke ich denen ein besseres Foto. Frontal ist besser. Danach lösen wir den Fall und ich mache dir einen Heiratsantrag!" Danach kam Daniels stärkste Waffe zum Einsatz: das Lächeln, gepaart mit den leuchtenden Kulleraugen. Angelos schaute regelrecht entsetzt, aber Daniel lachte laut auf, legte den Arm um Angelos´ Hüfte und küsste ihn auf die Backe.

„Wow. Du stehst unter Strom, aber keine Angst: das war ein Späßchen. Ich weiß, dass es ab jetzt schwierig wird, aber einfach kann jeder. Ich jedenfalls gebe dich nicht auf, das kannst du vergessen. Aber vielleicht liege ich auch falsch und der Herr Hauptkommissar und Bürgermeister liebt mich wirklich!"

Angelos seufzte.

„Du willst es jetzt hören, nicht wahr? Also gut: ich liebe dich. Noch irgendetwas unklar?"

Daniel grinste.

„Bis auf Weiteres nicht. Der Vertagung des Tagesordnungspunktes Heiratsantrag stimme ich zu!"

„Da bin ich aber froh", spöttelte Angelos.

„Seid ihr überhaupt richtig verheiratet?", fragte Daniel. „Weil: auf dem Foto sieht man zwar den Patriarchen oder wie immer das auch heißt, aber der konnte euch gar nicht trauen!"

„Du kleines Scheusal hast herumgegoogelt!" Daniel grinste nur.

„Lektion 1 deines Lebens mit Daniel: Ich bin vollkommen ehrlich zu dir: ich habe Yariv gefragt!"

„Oh Gott. Wie hat er reagiert?", fragte Angelos.

„Gelassen. Eine gute Beziehung braucht weder Papier noch salbungsvolle Worte. Wir haben uns darauf verständigt, keinen Kampf gegeneinander zu führen. Wir möchten beide, dass du dich nicht selbst unter Druck setzt. Und jetzt gehst du ins Rathaus und bereitest dich auf die Pressekonferenz vor. Die Ü-Wagen werden mit der 10 Uhr 30-Fähre einfallen. Ich fahre zu Yariv und rede mit ihm über den Artikel", sagte Daniel.

„Was sage ich denn, wenn einer der Hyänen eine Frage über dich stellt?", fragte Angelos.

Daniel lachte.

„Die haben die mittlerweile 16 Köpfe und Schlagzeilen wie ‚Massenmord auf Mykonos' oder den Mumpitz mit Poseidons Kindern. Sollte doch jemand fragen, sagst du, dass ich unfassbar gut aussehe, clever und witzig bin. Aber wie gesagt: keinen wird interessieren, mit wem der Kommissar fickt. Korrigiere: von wem der Herr Kommissar gefickt wird!"

„Ich werde sagen, dass du ein freches Scheusal bist", knurrte Angelos.

„Aber ich bin dein Scheusal", meinte Daniel und küsste Angelos. Und wieder spürten beide ein Bizzeln!

14

Als Daniel nach Hause kam – es war trotz der seltsamen Gemengelage tatsächlich sein Zuhause – stand Yariv in Shorts auf der Terrasse und malte.

„Künstler bei der Arbeit. Cool. Das letzte Mal hast du vor zwei Monaten gemalt", sagte Daniel.

„Da du teilweise das Unterhaltungsprogramm für meinen Ehemann bestreitest, habe ich schlicht mehr Zeit!"

Daniel schaute etwas betreten.

„Entschuldige. Das klang fies, war aber nicht so gemeint. Ich habe tatsächlich mehr Freiraum, auch für mein Hobby!"

„Du bist mir also dankbar", sagte Daniel und lächelte. Zum Niederknien, dachte Yariv. Irgendwie bin ich zwar immun, aber ich verstehe, wie man dem Jungen verfallen kann. Wobei der „Junge" über 30 war, aber wie 20 aussah.

„Dankbar wäre etwas übertrieben, aber ich akzeptiere es. Und dass ich dich mag, macht es auch leichter! Wo ist denn unser Sonnenschein?"

„Den habe ich am Alten Hafen rausgelassen. Ich hoffe, er schafft die 500 Meter bis zum Rathaus. Angelos ist ziemlich fertig. Weißt du schon, äh, dass …?"

Yariv grinste.

„Ich schätze, zwischen dem Eintreffen der Exemplare und dem ersten Anruf vergingen höchstens zehn Minuten. Aber ich habe damit gerechnet, insofern bin ich nicht überrascht!"

„Unseren Sonnenschein hat fast der Schlag getroffen", meinte Daniel.

Yariv legte den Pinsel beiseite.

„Hör zu: du musst mir helfen. Wir müssen es schaffen, dass Angelos sich ganz auf den Fall konzentriert. Für die Köpfe gibt es keine harmlose Erklärung, zumindest fällt mir keine ein. Poseidon war es sicher nicht. Nur: wer Dutzende von Menschen köpft, aus welchen Gründen auch immer, hat sicher keine Skrupel, einen Kommissar zu ermorden, sobald dieser zu nahe rankommt. Dann wird es für Angelos gefährlich, vor allem, wenn er abgelenkt und unkonzentriert ist. Wir müssen beide alles tun, um ihn herunterzufahren. Ihm klarmachen, dass wir ihn beide lieben und er keinen von uns verliert. Er hat von früh bis nachts die Antennen ausgefahren, denkt über jeden Satz von uns nach!"

„Antenne würde ich das nicht nennen, es ist eher ein Funkmast", sagte Daniel und lachte. „Aber du hast recht. Wir setzen uns später zusammen und versuchen gemeinsam, ihm die Angst zu nehmen!"

Yariv nickte.

„Und bei der Gelegenheit bringen wir ihm auch schonend bei, dass die Gesichtserkennung einen Treffer gelandet hat!"

„WIE BITTE?"

„Jup. Nummer zwölf! Die Ohrvermessung und eine auffällige Narbe am Ohrknorpel passen zu einer

Vermisstenmeldung. Ein gewisser Thomas Xenakis!"

„Aber das müssen wir ihm gleich sagen. Die Pressekonferenz geht gleich los", gab Daniel zu bedenken.

„Genau deswegen sagen wir es ihm nicht. Grundkurs Kommissar: du brauchst immer einen Informationsvorsprung vor den Medien – und damit vor dem Täter, denn der verfolgt immer die Berichterstattung!"

„Weil er wissen will, wie nah man an ihm dran ist. Begriffen", sagte Daniel. „München 1972!"

Als Israeli wusste er es natürlich sofort.

„Daraus haben alle Polizeibehörden auf der Welt gelernt. Nur die Medien nicht!"

15

Daniel Dagan war keine klassische Schönheit. Dafür war das Gesicht einen Tick zu rund und die Beine etwas zu lang. Aber diese kleinen Makel wurden mehr als ausgeglichen durch ein Gesicht, das wie aus Elfenbein geschnitzt schien: absolut faltenlos. Dadurch schätzte ihn jeder auf maximal Anfang 20, obwohl er in Wahrheit die Dreißig-Grenze schon passiert hatte. Das Faszinierende an ihm waren die leicht gerundeten Augen mit den großen schwarzen Pupillen. Teddybäraugen sagte Yariv sofort, als er Daniel das erste Mal sah. Er wusste, dass Angelos sich in ihn verlieben würde. Er wusste aber auch, dass Angelos ihn nicht belügen und immer ehrlich sein würde. So kam es auch. Sicher – begeistert war Yariv nicht, aber erstens mochte er Daniel und zweitens wusste er: es war kein Seitensprung, sondern sein Ehemann hatte sich richtig verliebt und litt unter der Situation.

Daniel arbeitete früher im israelischen Außenministerium und kam als Übersetzer zu einer Konferenz nach Mykonos. Seine Mutter war Griechin, der Vater Israeli. Die Friedensverhandlungen waren eine Farce, die vollkommen aus dem Ruder lief: Daniel wurde entlassen, Angelos schwer verletzt. Es war Daniel, der Angelos pflegte, während Yariv als Kommissar einspringen musste. Und es war Daniel, der Yariv das Leben rettete. Ein Grund, warum Yariv Daniel nicht böse sein konnte. Am Ende der Konferenz hatte Daniel seinen Job verloren und Angelos fühlte sich verpflichtet, ihm zu helfen. Da Daniel in Tel Aviv nebenher auch als DJ gearbeitet hatte, verschaffte ihm Angelos ein Engagement in einem der Beachclubs auf Mykonos. Es war Yarivs Vorschlag gewesen, dass Daniel bei ihnen wohnen sollte. So musste Angelos sich nicht entscheiden, mit wem er den Abend oder die Nacht verbringen wollte.

Yariv und Daniel kamen mit der Situation gut zurecht – aber Angelos Nikakis plagte 24 Stunden am Tag ein schlechtes Gewissen, weil er nicht verstand, wie man sich verlieben kann, wenn man doch glücklich verheiratet war.

In all dem Tohuwabohu kamen dann noch die Leichenteile am Strand der toten Köpfe hinzu. Und der Humbug mit „Poseidons Kindern".

16

Kommissar Angelos Nikakis stolperte in Richtung Rathaus, mit einer kurzen Ruhepause auf den Stühlen des „Kavos". Er war hundemüde und die Aussicht auf den Plausch mit den Medienvertretern verursachte ihm Übelkeit. Sein Handy vibrierte. Giorgios, der Hafenmeister.

„Jassas, Schöner. Die Fähre kommt eine halbe Stunde später. Zwei Fahrer von Ü-Wagen haben sich am Pier in Piräus um den letzten Platz geprügelt! Außerdem gab es eine weitere Prügelei während der Fahrt!"

„Betrunkene Touristen?", fragte Angelos.

„Nein. Ein paar Rechte mit einem Transparent ‚Hellas den Hellenen' wurden handgreiflich gegenüber ein paar Spinnern, die ein Erweckungscamp am Berg des Aiolos errichten wollen. Der Kapitän meinte aber, er hat nicht genügend Kräfte, um die Schläger festzuhalten. Irgendwelche Anweisungen?"

Angelos seufzte.

„Herr, gib Hirn. Der Berg des Aiolos liegt nicht auf Mykonos, sondern auf Lipari. Lass die Typen von Bord gehen. Den Ü-Wagen-Fahrern zeigst du, wo sie parken können und sagst ihnen, dass die PK um 12 Uhr beginnt!"

„Verstanden. Du, ich habe gerade die ‚Kathimerini' in den Hän …", begann Giorgos, doch die Leitung war schon tot.

Wenn jetzt noch Gabriel oben an der Treppe steht, fange ich an zu schreien.

Gabriel war Angelos´ Büroleiter. Und stehen würde er nicht auf dem Treppenabsatz. Gabriel saß in einem Rollstuhl.

Angelos öffnete die Tür zum Rathaus und von oben grinste ihm ein Gesicht entgegen.

„Morgen, Schöner!"

„Kannst du nicht in meinem Büro warten?", knurrte Angelos auf dem Weg nach oben.

„Nein. Nur hier kann ich deinen Fluchtdrang unterbinden. Der Hafenmeister hat dich sicher erreicht. Mikrofon und Boxen werden gleich aufgebaut", sagte Gabriel.

„Danke. Ruf bitte die Militärbasis an und sage ihnen, dass ein paar esoterische Spinner samt Schamanen unterwegs sind. Sie sollen ruhig bleiben!"

„Mach ich. Die Bootsverleiher sind informiert, dass du ihnen persönlich die Hand abhackst, wenn sie ein Team zum Dead Head Beach fahren!"

„Lass diesen bescheuerten Namen", sagte Angelos.

„Er ist aber sehr griffig. Die Strandbarbesitzer werben bereits mit ihm. Schau her!"

Gabriel reichte Angelos das iPad.

Auf der Instagram-Seite des „Jackie O." stand als Location: Dead Head Beach, formerly Paradise. Natürlich mit dem Vermerk, dass man einen hervorragenden Blick auf den Tatort habe.

„Den Unterschied zwischen Fund- und Tatort sollte man kennen", knurrte Angelos.

„Den kennen nicht mal die Medien", wand Gabriel ein. „Was willst du ihnen erzählen?"

Angelos schaute Gabriel erstaunt an.

„Na, was wohl: nichts. Das ist der Sinn einer Pressekonferenz. Man redet 30 Minuten, ohne etwas Neues zu sagen. Ist der Erkenntnisgewinn für die Medien gleich Null, hat man gute Arbeit geleistet", sagte Angelos.

„Und was ist, wenn sie nach Daniel fragen?"

Angelos seufzte.

„Bitte nicht du auch noch!"

„Keine Sorge. Ich bin immer auf deiner Seite. Aber ich habe gesehen, dass im ‚Da Vinci' Antonia Radas sitzt. Mit der Dame hattest du schon einmal einen Zusammenstoß. Und ich befürchte, sie wird am Ende der Pressekonferenz ganz beiläufig danach fragen. Um ihr den Wind aus den Segeln zu nehmen, solltest du die zwei Seiten hier lesen!"

Gabriel drückte Angelos die Papiere in die Hand, Eine Minute später fing Angelos an laut zu lachen.

„Stimmt das? Wer hat das gesagt?"

„Ihr Ehemann. Auf Twitter heute Morgen", antwortete Gabriel.

Angelos küsste Gabriel auf den Kopf.

„Und, Großer, kleiner Tipp: bring Daniel und Yariv am besten zusammen her, damit die Kollegen sehen, dass es keinen Krieg zwischen euch gibt. Alle mögen Yariv, aber so lernen sie auch, Daniel zu akzeptieren. Nebenbei hat der Junge die geilsten Augen, die ich je gesehen habe!" Angelos lachte.

„Wenn du ihn anbaggerst, bist du tot!"

„Wer will schon einen im Rollstuhl", meinte Gabriel.

„Entschuldige. Ich hab mich um einen Job und ein Auto gekümmert. Das andere kann ich nicht regeln, dann hätte ich drei", sagte Angelos und schmunzelte. „Aber wir reden darüber, wenn ich wieder klar im Kopf bin. Irgendetwas fällt uns schon ein!"

„Du hast schon genug getan. Und jetzt geh hinunter zu den Hyänen!"

Der Pulk zog sich vom Rathaus bis zum „Kazarma". Manche hatten sogar Leitern dabei.

„Yassas, die Damen und Herren. Die Polizei Mykonos möchte sie auf den neuesten Stand bringen. Viel Neues kann es jedoch zum jetzigen Zeitpunkt noch nicht geben, denn die Labor- untersuchungen brauchen ihre Zeit. Und manche Informationen kann ich Ihnen jetzt nicht geben, weil …"

Angelos bewegte die Arme wie ein Dirigent.

„Täterwissen", antwortete die Menge.

„Sehr schön. Sie sind lernfähig. Folgendes kann ich Ihnen bestätigen: Gefunden wurden 16 Köpfe, alle im Bereich Paradise und Super Paradise. Der

Zustand der Köpfe ist unterschiedlich, von fast menschlichem Antlitz bis hin zu fast blanken Schädeln.

Die Köpfe wurden zwecks Labor und DNA-Untersuchung an die Pathologie in Athen geschickt, die mit Hochdruck an den Ergebnissen arbeitet!"

Angelos musste grinsen. Karnezis würde ausflippen.

„Die Erstbeschau durch uns ergab aber zumindest bei einem Opfer, dass die Abtrennung mit einem Schlag erfolgte, also mit einem Schwert oder einer Machete. Tatort und Motiv sind unklar. Vorrang hat jetzt die Identifizierung! Fragen?"

Und natürlich schossen die Arme nach oben.

„Warum ist der Fundort abgesperrt? Das behindert uns bei der Arbeit!"

„Ihre Arbeit besteht nicht darin, eventuell noch weitere angespülte Köpfe in den Abendnach-richten zu zeigen. Nehmen Sie Archivaufnahmen des Strandes", knurrte Angelos Nikakis.

„Was bedeutet ‚Erstbeschau'? Gibt es hier einen Pathologen?", fragte Antonia Radas.

Am liebsten hätte Angelos schon jetzt losgepol-tert, aber er wusste, er würde sein Pulver verschießen.

„Es ist nicht mein erster abgetrennter Kopf. Zudem hat mein Mann ein Jahr in der Pathologie in Athen gearbeitet!"

„Was sind Ihre nächsten Schritte, außer Labor und DNA?", fragte ein junger Reporter von Skai TV.

„Wir werden versuchen den Tatort zu ermitteln, anhand von Strömungsanalysen. Wie und mit wem, bleibt unbeantwortet!"

„Wenn die Köpfe doch unterschiedlich aussehen, lässt das darauf schließen, dass sie zu unterschiedlichen Zeiten ermordet wurden, oder?"

„Wir gehen davon aus, dass die Opfer vom ersten Tag fast zeitgleich ermordet wurden. Der Zustand hängt lediglich davon ab, ob der Kopf jemandem begegnet ist, auf dessen Speisekarte er steht!"

„*Nicht so flapsig*", flüsterte Maria, die hinter Angelos stand.

„Einige werden sich erinnern, dass ich Ihnen bereits einmal geraten habe, keinen Tintenfisch zu essen. Trifft eine Leiche einen großen Tintenfisch, gibt es nichts mehr zu beerdigen!"

„Die Frage, die uns am meisten interessiert, zumindest im Moment: lebten die Opfer noch, als sie enthauptet wurden?"

„Sie lebten noch", sagte Angelos. Ein Raunen ging durch die Menge.

„Woher wissen Sie das?"

„Mit Eintritt des Todes gerinnt das Blut. Wie Sie selbst wissen, ist geronnenes Blut sehr hartnäckig. Zwar wird es durch das Meerwasser aufgeweicht, aber an bestimmten Teilen nicht!"

„Was meinen Sie mit bestimmten Teilen?"

„Das Gehirn. Wir haben beim Gehirn festgestellt, dass einige Bereich überhaupt noch nicht vollständig geronnen waren. Wäre der Kopf posthum abgetrennt worden, wäre das Blut im Gehirn geronnen. Zumindest das eine Opfer, das wir untersucht haben, lebte noch bei Abtrennung des Kopfes!"

„Sie haben den Schädel. äh, geöffnet?", fragte Radas.

„Sorry, dass wir keine Live-Übertragung vom Fräsen liefern können", knurrte Angelos.

„Das Fräsen hat also Ihr Mann übernommen als ehemaliger Praktikant in der Pathologie? Oder war das Ihr neuer Partner?"

„*Ruhig Blut*", zischte Maria.

„Mein Privatleben tut hier nichts zur Sache", ätzte Angelos.

„Ich finde, ein Kommissar sollte ein Vorbild sein, vor allem dann, wenn er auch noch Bürgermeister ist", sagte Antonia Radas mit süffisantem Lächeln, das aber sofort erstarb, weil sie bemerkte, dass Angelos grinsend die Zähne fletschte.

„Den Äußerungen Ihres Noch-Ehemannes auf Twitter heute Morgen zufolge schlafen Sie mit seinem besten Freund. Ist das ein Vorbild für Ihre Kinder?", sagte Angelos und genoss jedes Wort. Radas wurde bleich, ein Teil ihrer Kollegen prustete los.

„Hat mich gefreut", sagte Angelos mit einem breiten Lächeln und verschwand im Rathaus.

17

Athen

Gäbe es einen olympischen Wettbewerb in der Disziplin Bluthochdruck, Ioannis Bourousis wäre unschlagbarer Favorit für die Goldmedaille.

Hinzu kam seine Veranlagung zum Choleriker, die auch seinen Berufsweg bestimmte: er konnte nur Soldat werden. Untergebene mit wutverzerrtem Gesicht zusammenputzen war daher auch sein Markenzeichen.

Und gleich würde es wieder so weit sein. In dem holzgetäfelten Raum hingen an einer Wand nur Bildschirme, üblicherweise mit unterschiedlichen Fernsehprogrammen. Aber heute flimmerte auf allen Schirmen dasselbe Programm, ERT.

Und was Ioannis Bourousis sah, sorgte für Spitzenwerte von 210 zu 140.

Der Gast im Raum kannte ihn gut genug, um zu wissen, dass man den bevorstehenden Anfall abwarten muss.

Es dauerte auch nur wenige Sekunden bis Bourousis lospolterte.

„Musste das sein? Sind die verrückt? Wir wollten die Öffentlichkeit meiden. Und dann ausgerechnet Mykonos und Nikakis. Das schwule Arschloch hängt sich bestimmt voll rein. Ich sollte mit dem Innenminister sprechen, damit er den Fall abzieht!"

„Das kannst du dir sparen. Nikakis ist mit dem Premier befreundet und der frisst ihm aus der Hand!"

„Gehört der Premier jetzt auch schon zu der Hinterlader-Bande? Ich habe gelesen, es gäbe jetzt sogar einen Arbeitskreis ‚Schwule in der Armee'! Armes Vaterland!"

„Der Arbeitskreis heißt ‚LGBTQ-Community in der Armee'", gab Bourousis´ Gast zum Besten.

„Lesben? Mir haben schon die Frauen gereicht", regte sich Bourousis auf und griff nach seiner Tablettenschachtel.

„Die Herren da unten sind halt nicht zimperlich. Anderer Kulturkreis. Außerdem kenne ich mich mit Meeresströmungen auch nicht aus", sagte der Gast.

„Wenn ich jemandem den Kopf abschneide, dann nehme ich ihn gefälligst mit. Und dann gleich 16! Als hätte einer nicht gereicht!"

„Nun, sie wollten wohl alle Zeugen beiseite-schaffen!"

„Sehr intelligent. Dass bei 16 Köpfen die halbe Welt aufmerksam wird, daran dachten die Herren nicht!"

„Man kann sich seine Verhandlungspartner nicht aussuchen. Und du weißt genau, dass es sich um Primitivlinge handelt. Bei denen gibt es keine hundert TV-Stationen!"

„Ich wollte, bei uns wäre das auch so. Eine Bande von Wichtigtuern und Landesverrätern!"

„Dieser Nikakis hat sich vor Kurzem mit Erdogan auf dessen Yacht getroffen", sagte der Gast, wissend, dass Bourousis dadurch die Marke von 220 erreichen würde.

Tatsächlich lief der Offizier dunkelrot an.

„Das ist Landesverrat. Kriegsgericht und für zwanzig Jahre in den Knast!"

„Nikakis tut, was er will. Jeder, der ihm an den Kragen will – und das haben schon einige versucht - wird zurückgepfiffen!"

„Wir können also nur darauf hoffen, dass er nichts herausfindet?"

„Meines Wissens gibt es keinen Mordfall, der in seiner Verantwortung nicht aufgeklärt wurde", sagte der Gast.

„Prost Mahlzeit. Wenn das herauskommt, ist der Teufel los und das nicht nur bei uns. Das darf nicht passieren. Zur Not müssen wir diesen Nikakis aus dem Spiel nehmen!"

„Ich stimme dir zu. Wichtiger ist aber, dass wir unsere, äh, Partner darum bitten, ihre Hinrichtungsorgien bei sich durchzuführen!"

„Das ist mir klar", knurrte Bourousis. „Ich habe gelesen, dieser Nikakis ist sogar mit einem Mann verheiratet?"

Der Gast nickte.

„Er hat einen Mann, der ist Jude. Und er hat zusätzlich einen Liebhaber, der auch Jude ist", sagte der Gast.

„Was? Unter Papadopoulous hätte man alle drei erschossen. Zu Recht. Das waren noch goldene Zeiten …"

Sein Gast klinkte sich an der Stelle aus dem Gespräch aus, denn er wusste: jetzt käme die

Glorifizierung der Diktatur. Dabei war Bourousis viel
zu jung, um die Zeit beurteilen zu können.

18

Nach der Pressekonferenz wollte Kommissar
Nikakis nur noch nach Hause. Allein: es war
ihm nicht vergönnt. Ein Anruf von Maria
brachte seine Schlafpläne durcheinander.
„Hallo, Schöner. Hier gibt es ein Problem!"
„Und wo ist bitte ‚hier'?", knurrte Angelos.
„Flughafen, Abzweigung Paradise! Ein riesiger
Menschenauflauf, die alle zum Strand wollen. Und
ein paar Morgenrötler", sagte Maria, Leiterin der
Dimotiki Astinomia, der normalen Polizei.
Morgenrötler war die innerpolizeiliche
Bezeichnung für Rechtsradikale, benannt nach
der faschistischen „Goldenen Morgenröte", die
seit Jahren verboten war.
„Außerdem wird der Zugang zum Flughafen
blockiert und …"
„… wir haben zu wenig Leute", ergänzte Angelos.
Die Standardantwort seit dem Kahlschlag im
öffentlichen Dienst während der Finanzkrise.
„Ich kümmere mich darum!"
Angelos wischte über sein Handy.
„Giorgios? Kannst du die Brühe aus dem Klär-
becken in Güllefässer pumpen?"

Der Leiter der Kläranlage lachte.

„Schlimmes Attentat?"

„Presse und Nazis", antwortete Angelos.

„Dann gerne. Zwei von den Dingern haben wir noch. Wohin?"

„Nehmt die Straße hinter dem Flughafen, dann Richtung Kreisverkehr und ab der Kuppe laufen-lassen. Du siehst den Haufen ja. Vielleicht geht der eine oder andere Strahl zufällig auf die Spinner drauf", sagte Angelos.

„Wird erledigt, Chef", antwortete Giorgios lachend.

19

Wieso zögerst du?", fragte Daniel. Sie standen vor dem Polizeipräsidium in Athen. In der Hitliste der hässlichsten Gebäude Griechenlands steht es weit oben. Aber das war nicht der Grund für Angelos´ Zögern. Er schaute nach oben. Dort lag das Büro von Hector Siopsis, dem allmächtigen Polizeichef. In jenem Büro war Angelos Nikakis vor sechs Jahren in Tränen ausgebrochen, zwei Tage nach seiner Vergewaltigung, an der er fast verstorben wäre. hätte nicht ein Arzt ihn mit Blutkonserven abge-füllt. Ins Krankenhaus konnte er nicht und so fand die Behandlung in einem Hotelzimmer statt, in das sich Angelos Nikakis geschleppt hatte.

Wie die meisten Opfer fühlte er nichts als Scham. Ein Polizist, der vergewaltigt wird, von mehreren Männern. Wie in Trance war er damals in das Büro seines Chefs gewankt und war zusammengebrochen.

Der Koloss Siopsis, dessen Gewicht zwischen 180 und 220 Kilo pendelte, erwies sich als verständnisvoll und traf Entscheidungen, zu denen Angelos nicht mehr fähig war.

„Junge, du musst sofort hier weg. Ich rufe Saloniki an!"

Zwei Tage später saß Angelos Nikakis im Präsidium der mazedonischen Provinzhauptstadt und stürzte sich in die Arbeit. Erfolgreich. Mit 27 leitete er die Mordkommission, hatte aber dennoch kein richtiges Leben. Keine Freunde, kein Sex.

Siopsis, der ihn von Athen aus beobachtete, beschloss, inn in Zwangsurlaub zu schicken: nach Mykonos. Dort traf er Kommissar Alexandros Galis – und heiratete ihn.

„Schlechte Erinnerungen?", fragte Daniel.

Angelos nickte.

„Aber es ist vorbei. Heute lieben dich gleich zwei – und passen auf dich auf", sagte Daniel, legte den Arm um Angelos und lächelte.

Damit waren die dunklen Wolken vertrieben.

Wie macht er das nur, dachte Angelos.

„Komm. Wir müssen zu Knarzis!"

„Karnezis, Süßer. Bitte verspreche dich nicht. Er ist eh schon ein Kotzbrocken!"

Und er wurde seinem Ruf gerecht.

„Ah. Der Herr Chefpathologe aus Mykonos", ätzte Karnezis. „Immer wieder schön, wenn ich die Ergebnisse der Untersuchungen höre, noch bevor ich sie überhaupt gemacht habe!"

„Für das Offensichtliche braucht man keine Untersuchungen. Das nennt man Polizeiarbeit", knurrte Angelos.

„Für das Auffräsen des Schädels hätten Sie eine Genehmigung gebraucht. Und zwar von mir", sagte Karnezis.

„Ich bin sicher, der Polizeipräsident stellt die auch im Nachgang aus", meinte Angelos grinsend.

„Also: wenn von meinen Äußerungen gegenüber der Presse etwas falsch war, stelle ich das gerne richtig. Und?"

Karnezis schüttelte den Kopf.

„War alles soweit in Ordnung", murmelte Karnezis in seinen Bart.

„Gut. Welche weiteren Erkenntnisse kann mir nun ein Fachpathologe liefern?", fragte Angelos.

„Nachdem Sie so elegant Druck gemacht haben und mich selbst der Innenminister angerufen hat, habe ich die Untersuchungen vorgezogen. Aber das war eine Ausnahme. Das nächste Mal warten Sie wie jeder andere!"

„Schauen wir mal", antwortete Angelos und grinste. „Also?"

„Die Köpfe wurden fast zeitgleich abgetrennt. Und tatsächlich lebten alle noch, als sie geköpft wurden", sagte Karnezis.

„Und die DNA?"

„Da kommen wir jetzt in den Bereich der Spekulation. besonders deswegen, weil ich keine anderen

Parameter habe, wie zum Beispiel den Mageninhalt oder den Zustand der Organe!"

„Das ist mir klar. Mir reicht eine fundierte
Vermutung", sagte Angelos.

„Gut. 15 Opfer dürften aus Afrika kommen. Hoher
Vitamin-D-Anteil bei geringem Vitamin-C im Blut.
Genetik entspricht dem typischen Afrika-Muster.
Nicht so bei einem Kopf und nur bei diesem:
der Mann ist eindeutig Europäer, eher Nord- oder
Mitteleuropa!"

„Das ist dann unser Mann", sagte Angelos. „Gut.
Danke, Karnezis. Dann machen wir uns auf den
Weg zum Wissenschaftlichen Institut der Marine!"
Karnezis fing an zu lachen.

„Zu Katerina Stefanidis? Damit ist mein Tag
gerettet!"

„Warum?", fragte Daniel.

„Nun, weil unser Super-Kommissar Probleme mit
Frauen hat, besonders mit Lesben!"

„Die ist lesbisch?", fragte Angelos entsetzt. was
Karnezis sichtlich erheiterte.

„Aber sowas von!"

20

Du hast was gegen Lesben?", fragte Daniel amüsiert.

„Quatsch. Ich verstehe nur nicht, warum man, wenn man auf Frauen steht, sich besonders männlich gibt, Männerklamotten anzieht oder ´nen Bürstenhaarschnitt trägt!"

„Gibt ja auch Schwule, die Frauenkleider bevorzugen", gab Daniel zu bedenken.

„Damit kämst du mir nicht ins Haus. Im Ernst: jeder darf tun, was er möchte, aber *ich* darf doch sagen, dass *ich* es nicht mag. Ich liebe Männer, aber ich posaune es nicht hinaus!"

„Du lebst auf Mykonos. Jeder weiß, dass der Bürgermeister mit einem Mann verheiratet ist – und jetzt noch einen verdammt gutaussehenden Liebhaber hat", sagte Daniel und prustete los.

„Aber ich weiß, was du meinst. Ich war letztes Jahr auf dem CSD in Tel Aviv, nein, halt, es heißt ‚Pride Week'. Ich habe bis heute nicht verstanden, warum ich …"

„… stolz darauf sein soll, schwul zu sein. Das ist doch keine Leistung", ging Angelos dazwischen.

„Ich muss mich nicht schämen, aber stolz sein?"

Das Taxi passierte das Wachhäuschen an der Marinebasis in Piräus. Vor einer einstöckigen Baracke hielten sie an.

„Das ist das Forschungsinstitut der Marine?", fragte Daniel ungläubig.

„Wir sind nicht in Israel", seufzte Angelos.

„Schau hin! Die sieht aus wie …"

Daniel meinte nicht das Gebäude, sondern die Frau, die aus der Tür herauskam. Katerina Stefanidis.

„Grundgütiger. Wie aus einem Comic", knurrte Angelos.

Stämmig, muskulös, in Uniform, Bürstenhaarschnitt und grimmiges Gesicht.

Dementsprechend frostig war die Begrüßung.

„Ah! Der schöne Herr Nikakis? Um eines gleich klarzustellen: Hübsches Gesicht und großer Schwanz beeindrucken mich nicht!"

„Mir wäre jemand mit hübschem Gesicht und Schwanz aber lieber", konterte Angelos.

Daniel kicherte los.

„Ah, Ihr Neuer?", fragte Katerina. „Der wievielte ist das?"

„Ich wechsle täglich", knurrte Angelos. „Haben Sie nicht einen Befehl auf dem Tisch, uns zu unterstützen?"

„Muss ich verloren haben", sagte Katerina mit grimmigem Gesicht.

„Kein Problem, ich habe eine Kopie", meinte Angelos lapidar und hielt Katerina ein Blatt Papier vors Gesicht.

„Helfen oder Kriegsgericht?", fragte Angelos.

„Na gut", sagte Katerina. „Viel werde ich ohnehin nicht liefern können!"

„Hören Sie zu. Sie mögen mich nicht. In Ordnung. Aber die Hinterbliebenen der Geköpften haben ein Recht darauf, dass wir alles tun, die Mörder zu finden. Die interessiert es nicht, ob Kommissar

Hinterlader und eine Krawalllesbe in Uniform sich nicht leiden können", sagte Angelos betont deutlich.

Und tatsächlich musste Katerina grinsen.

„Wenn ich Sie ‚Kommissar Hinterlader' nennen darf, könnte ich Ihnen vielleicht doch helfen!"

„Schön. Was wissen Sie schon aus den Medien?", fragte Angelos.

„Nur das Offensichtliche. Natürlich habe ich begriffen, dass die Meeresströmungen ein wichtiger Teil der Ermittlungen sind. Aber wenn Sie erwarten, dass ich ein paar Parameter eingebe und die Rechner dann einen Tatort errechnen, muss ich Sie enttäuschen!"

„Sind das da die Rechner?", fragte Daniel und deutete auf Metallschränke an der Wand. „Die sehen aus wie eine Telefonvermittlung aus den Dreißigern!"

„Nicht jeder bekommt Geld direkt vom Premier", ätzte Katerina.

„Vielleicht kann ich Migiakis dazu bringen, ein paar Euro zusätzlich locker zu machen. Das geht aber nur, wenn wir es schaffen, mit Ihrer Hilfe neue Erkenntnisse zu erlangen", sagte Angelos.

„Ich habe mir es so vorgestellt …"

Drei Minuten später rauchte es unter Katerinas Bürstenschnitt.

„Das ist gar nicht so dumm!"

„Vielen Dank auch", sagte Angelos und grinste.

„Aber die Ressourcen habe ich nicht. Und ich bekomme sie nicht", entgegnete Katerina mit einem Achselzucken.

„Dann gehe ich mal telefonieren!"

Angelos verließ den Raum.

„Ruft er jetzt wirklich den Premierminister an?", fragte Katerina.

„Klar. Migiakis steht in Angelos´ Schuld. Sie werden sich beschimpfen, Angelos wird ihm drohen und letztendlich bekommen, was er will", meinte Daniel vergnügt.

„Ist der Premier etwa …?"

Daniel lachte.

„Nein. Aber die beiden verbindet etwas. Was genau, weiß niemand!"

Grinsend betrat Angelos wieder den Raum.

„Also: Gehen wir von der Hypothese aus, dass die Köpfe höchstens fünf Tage im Wasser lagen. An allen fünf Tagen herrschte Südwestwind mit durchschnittlich 23 km/h bezogen auf die Ostküste Kretas. Zweitens: Leichen schwimmen nie oben, da durch die Körperöffnungen Wasser eintritt!"

„Echt? Die berühmte Leiche im Pool, die oben schwimmt, ist also …", begann Daniel den Satz.

„…Bullshit. Anders verhält es sich bei einem Kopf, da dieser sich wie ein Ballon verhält", sagte Angelos.

„Woher wissen Sie das?", fragte Katerina.

„Nun. Wir sind mit einem der Köpfe aufs Meer gefahren und haben ihn zwei Stunden beobachtet. Das Ding blieb oben - wie eine Boje, nur ohne Lampe!"

„Etwas pietätlos", meinte Katerina, lächelte aber.

„Ach was. Wir hatten einen Draht durch die Ohren gezogen! Also: Wir können die Bodenströmung vernachlässigen und müssen mehr über die

Oberflächenströmung erfahren", sagte Angelos Nikakis.

„Gerne", meinte Katerina. „Kommt über den Beamer!"

Der Anblick war deprimierend.

„Das sieht aus wie das perfekte Chaos", meinte Daniel.

„Ja. Und selbst die besten Computer der Welt samt den besten Wissenschaftlern schaffen es nicht, genaue Vorhersagen zu treffen. Manchmal bilden sich neue Strudel, ein Kilometer unter der Wasseroberfläche oder ganz oben. Das Meer macht, was es will. Daher ist die einzige Chance, es so zu machen, wie Sie es vorgeschlagen haben!"

„Gut. Wir haben fünf Boote. Ihres, zwei Schnellboote der Marine, eines von der Küstenwache und eines von Frontex. 50 Bojen mit Sendern, die wir in zwei Tagen aussetzen, wenn der Wetterbericht stimmt und der Wind von Nord auf Südwest dreht. Die Stellen legen Sie fest. Die Boote treffen sich im Hafen von Mykonos und fahren übermorgen in der Früh los!"

„Das gibt eine Unmenge von Daten, die ich sonst nie bekommen hätte", sagte Katerina mit leuchtenden Augen.

„Sehen Sie. Die Begegnung mit einem Mann kann auch Vorteile haben", meinte Angelos und grinste.

„Solange er die Hosen anbehält", gab Katerina zurück.

„Wobei Angelos´ Jeans manchmal von alleine aufgeht. Der Innendruck, Sie verstehen?", meinte Daniel und grinste.

Katerina lachte.

„Ganz schön frech!"

„Er wird die 51. Boje", knurrte Angelos.

21

Als Angelos und Daniel das Forschungsinstitut verließen, schüttelte Daniel den Kopf. „Unglaublich. Du schaffst es, innerhalb von einer Stunde aus einer Krawalllesbe, die dich hasst, einen Fan zu machen! Und dies ohne die Drohung, die Hose herunterzulassen!"

Angelos gluckste.

„Du bringst mich zum Lachen. Das ist das Wichtigste in einer Bezieh…"

„Sprich es aus. Das Wort heißt BEZIEHUNG. Die haben wir doch, oder?", fragte Daniel etwas ängstlich.

„JA. Wir haben eine Beziehung. Ich liebe dich. Ich frage mich nur immer, wie das passieren konnte!"

„Ich bin unterhaltsam, dann die Kulleraugen und ich bin …"

„…frech. Aber ich weiß, dass du damit nur deine Unsicherheit überspielst. Zu deiner Beruhigung: ich meine es ernst, auch wenn ich nicht weiß, wie es funktionieren soll", sagte Angelos.

„Wir finden einen Weg. Und jetzt zum dritten Termin zu den ‚Volunteers'?"

„Nein. Es ist halb sechs. Das machen wir morgen früh!"

„Also um zwölf", meinte Daniel und lachte. „Gut, dann fahren wir jetzt ins ‚Grande Bretagne'!"

„Bist du verrückt? Das ist das teuerste Hotel der Stadt", sagte Angelos.

„Es ist meine erste Nacht mir dir ganz alleine, fort von daheim. Es soll etwas besonderes werden, für mich – und dich!"

„Du hast gar nicht so viel Geld, Süßer!"

„Stimmt. Wenn ich morgen die Rechnung bekomme, kann ich gleich Privatinsolvenz anmelden", meinte Daniel vergnügt.

„Vielleicht habe ich ja ein paar Euro dabei", sagte Angelos und legte den Arm um Daniel.

Während die beiden einem vergnüglichen Abend entgegen sahen, stand 2.000 Kilometer weiter südlich ein Mann an einer Kreuzung bei Al-Ghaddarah im Nichts.

Er sollte Nummer siebzehn werden, aber das wusste er noch nicht.

22

Südlich von Bengasi

Pierre Moulin stand an einer Straßenkreuzung am Ende der Welt. So zumindest kam es ihm vor. Zwei Straßen, die vom Nirgendwo in das Nichts führten.

Die Landschaft hatte den Charme eines Mondkraters.

Pierre Moulin schwitzte, denn er war das örtliche Klima nicht gewöhnt. Der Mann, dem er die verlangten 2.000 Dollar bezahlt hatte, nannte ihm diesen Treffpunkt.

Von Süden näherte sich eine Staubwolke.

Erst Minuten später durchbrach ein Pick-up den Nebel aus Dreck und Sand.

Woher haben sie nur all diese Pick-ups her, fragte sich Moulin erneut. Als würden sie um die Ecke produziert.

In dem Wagen saßen zwei finster dreinblickende Männer, deren Kurs „Wie trete ich Kunden gegenüber gewinnend auf" wohl schon längere Zeit zurücklag. Der Fahrer bedeutete Moulin mit einem Kopfnicken, dass er auf die Ladefläche klettern sollte.

Die Fahrt dauerte nur zehn Minuten, dann hielten sie vor einem hohen Zaun, hinter dem eine Art Lagerhalle und ein paar Hütten lagen.

Zwei Männer liefen auf dem Pick-up zu und zerrten Pierre von der Ladefläche herunter.

Als sie das Tor passiert hatten, stießen die Männer ihn in eine Hütte. Dort schlugen sie Pierre Moulin abwechselnd in Magen und Nieren.

Fast ohnmächtig vor Schmerzen schleiften sie Pierre zu der großen Lagerhalle.

Erst als er auf dem Betonboden aufschlug, registrierte Pierre den schrecklichen Geruch. Eine Mischung aus Schweiß, Kot und Urin.

Und da war noch etwas: Angst. Der Geruch von Angst.

Pierre hatte jedes Zeitgefühl verloren. Es dürfte eine Stunde später gewesen sein, als er erneut gepackt wurde. Zwei Männer zogen ihn hoch und trugen ihn in einen Nebenraum. Dort folgten erneut Schläge, danach zerrten sie an seinen Kleidern.

Vollkommen nackt warfen sie ihn auf einen Tisch. Pierre bekam noch mehr Angst als ohnehin schon. Er hörte ein schnalzendes Geräusch, das er kannte.

Jemand zog Gummihandschuhe über.

Schon durchfuhr ein stechender Schmerz Moulins Körper. Einer der Männer rammte ihm einen Finger in den Anus und stocherte grob herum.

Wenn die jetzt …, dachte Pierre, aber es war zu spät.

„Da ist das Ding", sagte der Mann. „Ruf den Boss!"

Es dauerte nur wenige Minuten, bis der Chef den Raum betrat.

Pierre nässte sich ein.

„Ich hasse diesen Gestank", sagte der Boss.

„Dann ist es also kein großer Verlust, wenn wir diesen Schnüffler etwas kürzen. Einpacken und nach Athen schicken. Es soll denen eine Lehre sein!"

Noch bevor Pierre das „Kürzen" einordnen konnte, sauste die Machete auf seinen Nacken zu.

23

Piräus

Die „Volunteers for Refugees" waren in einem Lagerhaus auf dem Hafengelände von Piräus untergebracht. Die Eingangstür sah aus, als stamme sie aus der Antike.

„Ganz schöne Bruchbude", meinte Daniel. „Aber das ist ein gutes Zeichen. Man verwendet die Spendengelder für den eigentlichen Zweck und nicht für ein protziges Büro."

Sofia Tsimanis war eine ältere Frau, Ende vierzig, und ihr Gesicht zeigte, dass sie zu viel gesehen hatte.

„Kalimera, Kripo Mykonos. Wir sind hier wegen einem Ihrer Mitarbeiter, Thomas Xenakis", sagte Angelos.

„Er war kein Mitarbeiter. ,Volunteers' heißt Freiwillige. Die Männer und Frauen kommen und gehen. Und werden auch nicht bezahlt!"

„Ah. Es interessiert Sie also nicht, dass Xenakis ermordet wurde, besser gesagt: geköpft!"

Es dauerte etwas, bis Sofia reagierte und eine menschliche Regung zeigte.

„Ich ... ich dachte, er ist nach Hause gefahren. Wissen Sie: manche gehen schon nach ein paar Tagen. Andere bleiben ein Jahr. Thomas war seit sechs Monaten hier! Soll das heißen, er gehört zu den Opfern auf Mykonos?"

Angelos nickte.

„Aber sie wurden nicht auf Mykonos ermordet. Gefunden wurde lediglich sein Kopf!"

„Schlimm. Nur: viel kann ich Ihnen nicht sagen!"

„Was tun Sie eigentlich genau?"

„Wir sind komplett unpolitisch, was einem angesichts der Sauerei zugegebenermaßen schwerfällt. Aber wir helfen den Menschen. Wir betreiben keine Rettungsschiffe, sondern helfen in der Zeit danach. Medizinische Hilfe, vor allem aber Unterstützung bei dem Verwaltungskram: Asylanträge, vorläufige Papiere, bessere Quartiere. Und da sind die griechischen Behörden alles andere als hilfsbereit. Daher auch meine Skepsis gegenüber der Polizei. Thomas war Grieche und deswegen wird ermittelt. Wäre er ein Flüchtling ..."

„Es spielt keine Rolle, ob ein Opfer Thomas oder Mustafa heißt. Jeder Fall wird mit dem gleichen Ernst angegangen. Zumindest gilt das für Mykonos", brummte Angelos. „Aber er ist der Einzige, den wir bisher identifizieren konnten. Gibt es noch irgendetwas, was Sie uns über ihn sagen können? Ich meine, Sie haben ja auch Vermisstenanzeige gestellt. Das widerspricht doch Ihrer Aussage, das Kommen und Gehen wäre etwas Normales!"

Sofia Tsimanis holte tief Luft.

„Thomas gehörte zu denen, die mit Enthusiasmus an die Aufgaben herangingen, aber er erwartete wohl spektakuläre Aktionen, auch politischer Art. Die zurückhaltende Haltung unserer Organisation passte ihm nicht. Dennoch blieb er!"

„Welcher der Computer gehörte ihm?", fragte Angelos.

„Keiner. Im Prinzip ist das hier ein Internet-Café, wenn Sie noch wissen, was das ist! Jeder benutzt das Gerät, das gerade frei ist!"

Angelos stöhnte.

„Warum die Vermisstenanzeige?"

„Thomas war befreundet mit einem Kollegen, Pierre Moulin. Der war auf seiner Linie. Mehr Öffentlichkeit. Nur: das hilft den Menschen nicht. Und ich weiß, wovon ich rede – Ruanda, Myanmar, Syrien. An einem Tag war Thomas ziemlich aufgedreht. Er meinte, er wäre an einer großen Sache dran, aber was, hat er nicht erzählt. Ich habe ihn noch gewarnt, er solle nicht in ein Wespennest stechen. Dann war er weg. Pierre blieb hier, aber vier Tage kam Pierre völlig aufgelöst hier ins Büro und meinte, wir müssten eine Vermisstenanzeige aufgeben. Ich habe es angelehnt, aber er hat darauf bestanden. Und da er nur schlecht Griechisch spricht, habe ich ihm geholfen! Wie haben Sie ihn identifizieren können?"

„Pierre hat der Vermisstenanzeige gute Fotos beigefügt. Thomas hatte eine auffällige Narbe, eine alte Verletzung am Ohrknorpel. Die Vermessung des Ohres samt der Narbe lassen keinen Zweifel. Zurück zu seinem Kollegen. Wo ist dieser Pierre jetzt?", fragte Angelos.
Sofia Tsimanis zögerte.
„Das ist es ja: er verschwand zwei Tage später!"

24

Als Daniel und Angelos am Nachmittag wieder in Ornos eintrafen, war Yariv bester Stimmung.
„Nun ist die Familie wieder komplett!"
„Stell dir vor, unser Sonnenschein hat einen neuen Fan. Eine Lesbe in Uniform", meinte Daniel.
„Apropos Uniform. Es tut mir ja leid, aber wir haben ein Problem. Ein paar Esoteriker haben unterhalb der Militärbasis ein Camp angelegt", sagte Yariv.
„Und der Herr Oberleutnant hat sich beschwert", knurrte Angelos.
„OBERSTLEUTNANT", korrigierte ihn Yariv.
„Das verwechsele ich immer wieder!"
„Von wegen. Du machst das mit Absicht!"

Und so machte sich Kommissar und Bürgermeister Nikakis auf nach Ano Mera. Schon von weitem sah er ein paar Lagerfeuer und Dutzende Gestalten.

Das kleine Plateau lag knapp 100 Meter unterhalb der Radaranlage. Zu seinem Erstaunen sah er Giorgios Zaimis, den Vorsitzenden des Heimatvereins.

„Was machst du denn hier? Seit wann glaubst du denn an Götter?"

Der alte Mann grinste nur.

„Ich glaube nur an meine Insel, die zunehmend zerstört wird. Wir können jede Hilfe brauchen!"

„Auch von Spinnern, die in Toga auf einem Berg tanzen?", fragte Angelos.

„Hauptsache, die Medien berichten darüber", gab Zaimis zurück. „Ich weiß, du tust alles, um das Schlimmste zu verhindern und dafür ist dir jeder dankbar, aber deine Macht ist begrenzt. Daher müssen wir trommeln, bis der letzte Idiot in Athen begreift, dass sie unsere Lebensgrundlagen zerstören!"

„Sag mal, verkaufen die da Poseidon-Statuen?", fragte Angelos.

„Ja. Kommen aus China. Sonderpreis 29,90", meinte Zaimis vergnügt.

Kopfschüttelnd griff Angelos zu seinem Megafon. „Also meine Herrschaften …"

Kurz überlegte er, ob der korrekte Begriff jetzt wohl Herrschaftinnen war.

„Sie befinden sich auf Militärgelände. Sie brauchen nur auf das Plateau unterhalb umziehen. Dort können Sie machen, was sie wollen, Hauptsache, sie behalten Ihre Togas an!"

„Und wenn wir nicht wollen?", fragte ein Jüngling, der eine Kette von Energiesteinen um den Hals trug.

„Dann komme ich zurück mit meiner Globuli-Kanone. Und jetzt Abmarsch!"

Keine Minute später brummte Angelos´ Handy.

„Na endlich schreiten Sie ein und verweisen diese Asozialen des Platzes!"

„Ah, Herr Oberleutnant", meinte Angelos vergnügt.

„OBERSTLEUTNANT, wie Sie genau wissen. Das war eine Attacke auf die wichtigste Militärbasis der NATO in der östlichen Hemisphäre!"

„Ging es nach mir, würde Ihr Laden wegen Baufälligkeit geschlossen. Außerdem geht von ein paar Spinnern mit Kostümfimmel keine Gefahr aus", knurrte Angelos.

„Das sagen Sie. Früher hätte man …!"

„Ersparen Sie mir Ihre Lobpreisungen auf die Militärdiktatur, ich habe einen Mordfall zu lösen!"

„Was gibt es da zu lösen? Das sind garantiert illegale Flüchtlinge. Das passiert, wenn man gewaltsam eine Staatsgrenze verletzt", bellte der Oberstleutnant.

„Das Besteigen eines Bootes ist keine Gewalttat", gab Angelos zurück.

„Nun, das sehe ich anders. Man sollte kein Geld verschwenden, um ein Verbrechen zu klären, das Griechenland nicht betrifft!"

„Wenn Köpfe einen griechischen Strand entlangrollen, ist es wohl doch unser Problem", ätzte Angelos, dessen Blutdruck merklich anstieg. „Haben Sie sich nie gefragt, warum Sie auf einem kahlen Berg am Ende der Welt sitzen?"

„Das weiß ich sehr wohl: weil in Athen nur Stümper und Vaterlandsverräter sitzen, denen national gesinnte Ehrenmänner wie ich ein Dorn im Auge sind. Dazu gehört auch diese Witzfigur, die den Premierminister spielt. Wie passend, dass Sie beide befreundet sind!"

„Tja. Manchmal macht auch Athen etwas richtig", sagte Angelos.

„An Ihrer Stelle würde ich aufpassen, dass Sie nicht zu tief ins Wespennest stechen. Sie könnten einen anaphykletischen Anfall bekommen", meinte Oberstleutnant Ntouskus spitz.

„Es heißt anaphylaktischer Schock. Und ich kann gut auf mich selbst aufpassen. Wie beendet man ein Telefonat bei der Armee? Ach ja: ENDE!"

Normalerweise gab Angelos nichts auf das Geschwätz eines Militärs. Aber hatte Ntouskus ihn gerade gewarnt?

Einhundert Meter weiter oben ärgerte sich Oberstleutnant Ntouskus.

Ich habe mich hinreißen lassen.

25

Es war 7 Uhr morgens, als das Handy von Kommissar Nikakis vibrierte – ein absolutes No-Go, das den Anrufer normalerweise teuer zu stehen kommt.

Es kam noch schlimmer. Eine gutgelaunte Stimme säuselte: „Einen wunderschönen guten Morgen, mein Lieber!"

„Hmm", knurrte Angelos, während er noch versuchte zu erraten, wo er war und wie er hieß.

„Nimm dir ein Beispiel an mir. Ich habe schon gefrühstückt!"

„Eine ganze oder eine halbe Sahnetorte?", sagte Angelos, der nun wusste, wer anrief.

Es war Hector Siopsis, Polizeipräsident von Athen.

„Zwei kleine Stückchen. Mein Arzt meinte angesichts meines Hba1C-Wertes, ich sollte bewusster leben!"

Angelos lachte, denn Siopsis wog nach einer „Diät" immer noch über 180 Kilo. Und er verzieh Siopsis seinen nächtlichen Anruf, denn Siopsis sah in Angelos den Sohn, den er nie hatte. Und er war der Einzige, dem Angelos sich nach seiner Vergewaltigung offenbart hatte, was ihm womöglich das Leben rettete, denn Siopsis versetzte ihn sofort nach Saloniki, wo Angelos als Kommissar seine ersten spektakulären Fälle löste.

„Du willst aber von mir sicher keine Ernährungstipps!"

„Nein, mein Lieber. Es geht um Sofia Tsimanis!"

„Die von ‚Volunteers‘?", fragte Angelos. „Ihr ist doch hoffentlich nichts passiert?"

„Kann man sehen, wie man will. Aber sie lebt noch, wenn du das meinst", sagte der Polizeipräsident.

„Nun lass cir nicht alles aus der Nase ziehen", beschwerte sich Angelos.

„Sie ist umgefallen und hat sich den Schädel gebrochen!"

„Ein Unfall. Was habe ich damit zu tun?"

„Einiges. Sie fiel in Ohnmacht, nachdem sie ein Paket geöffnet hatte, in dem sich ein abgetrennter Kopf befand!"

„Oh Gott. Hat sie das Opfer erkannt??", fragte Angelos, gab aber selbst die Antwort: „Pierre Moulin!"

„Exakt. Wie gesagt: sie wurde ohnmächtig, aber sie hat ihn vorher erkannt. Der Kopf ist in der Patho, abe´ er wird wohl zu deinen passen. Daher ist es dein Fall. Und du solltest ihn lösen, bevor hier noch mehr Überraschungseier in meiner Stadt auftauchen", sagte Siopsis.

„PIRÄUS IST NICHT ATHEN", antwortete Angelos, der in Piräus geboren war.

„Jaja, ohne euch wären wir heute noch …"

„… ein unbedeutender Vorort von Piräus. Hast du eine Privatadresse von Moulin?"

„Ja, mein Lieber. Eine WG mit dreckigen Klamotten und noch dreckigerem Geschirr!"

„Scheiße. Also nichts", stöhnte Angelos.

„Ach, eines hab ich vergessen. Er hatte ein Tablet im Büro. Wir haben es gefunden, es ist gerade in der IT. Sobald die die Daten ausgelesen haben, geht alles an dich. Hab ich mir jetzt ein Stückchen Torte als Zwischenmahlzeit verdient?", fragte Siopsis.

Zwischenzeitlich hatte Daniel die Küche betreten und ließ sich einen Espresso aus der Maschine.
„Du auch, Sonnenschein?"
„Ja. Und es würde mir helfen, wenn du hier nicht nackt herumspringen würdest", sagte Angelos.
Daniel hielt die Tasse vor seinen Bauch und ließ sie tiefer gleiten.
„Heute ein Espresso, äh, macchiato?", fragte Daniel grinsend und fing zu lachen an.
„Dein Gesicht. Zum Schießen. Ich muss dich unbedingt lockern!"
„Ich glaube eher, dass ich dich heute Abend lockern muss. Ein weiterer Volunteer ist geköpft worden: Pierre Moulin. Den Kopf haben sie vor dem Büro in Piräus abgelegt. Aber die Kollegen haben ein Tablet gefunden und schicken dann die Dateien. Das Problem ist, dass …"
„…du um zehn die Boote bestellt hast, um die Bojen auszusetzen. Und es sähe schlecht aus, wenn keiner von uns dabei wäre", vollendete Daniel den Satz.
Angelos nickte.
„Ich weiß, du wirst leicht seekrank und das Aussetzen der Bojen wird Stunden dauern!"
Von den Windverhältnissen ganz zu schweigen.
„Ach, ich schaffe das schon. Aber dann musst du mich heute Abend verwöhnen. Deal?"
Angelos schmunzelte und nickte.

Und Kommissar Angelos Nikakis hatte richtig
entschieden. Gegen Mittag erhielt er aus Athen
die Nachricht, dass man einige gelöschte Dateien
rekonstruieren konnte. Das Problem aber war,
dass Pierre Moulin eine E-Mail-Adresse bei Proton
hatte, dem am stärksten gesicherten Mail-Pro-
gramm der Welt.
Als Angelos die Nachricht las, musste er grinsen.
Er griff zum Handy und wählte eine Nummer mit
der Vorwahl 00972.
Dreißig Minuten später war das Email-Postfach
geknackt.
Er traute seinen Augen nicht: vor vier Tagen war
eine Mail eingegangen - der Absender war
Thomas Xenakis.
Das war der Türöffner, aufgeschlossen von einem
treuen Freund in Tel Aviv.

26

Hallo Pierre. Ich konnte ein Handy ins Lager
schmuggeln. Es ist ganz anders als wir
dachten. Es ist eine Riesensache. Mehr,
wenn wir uns sehen. Du hattest Recht. Jardinah
war der richtige Ort. Es hat nicht mal einen Tag
gedauert, bis ich einen Schleuser fand. 2000
Dollar. Man fragt sich, woher die „Kunden" das
Geld haben. Mit dem freundlichen Service war es
allerdings schnell vorbei. In der Nacht riss man

mich aus dem Bett, verpasste mir einige Schläge. Handschellen, Sack über den Kopf und dann ins Auto. Wir fuhren vielleicht eine halbe Stunde, das entspricht der Strecke von Jardinah zur Küste.

Man zog mich aus dem Auto. Quietschen eines Tores, dann in einen Raum. Sack runter und dann verprügelte man mich. Kleider runtergerissen und auf einen Tisch geworfen. Finger in den Arsch. Das Handy hatte einer der Schleuser für 1000 extra ins Lager gebracht.

Sie schleppten mich zu einer großen Lagerhalle. Beim Öffnen der Tore schlug mir der ekelhafteste Geruch meines Lebens entgegen: Schweiß, Exkremente und: Angst. Die Halle war fast voll belegt. Ich schlief vor Erschöpfung ein. Plötzlich wurde ich wach. Im Eingangsbereich tat sich etwas. Unruhe, dann erste Schreie. Ich robbte durch die Menge nach vorne. Näher dran, erkannte ich, was passierte: einige der Wachleute versuchten, junge Mädchen zu vergewaltigen. Andere rissen den Flüchtlingen die Hosen runter und stachen ihnen mit Messern ins Rektum. Sie wussten, dass die meisten ihr Geld dort aufbewahren. Der Tumult wurde immer schlimmer. Als sich einige der Flüchtlinge wehrten, schossen die Wärter.

Plötzlich ging das Licht an, Bewaffnete in Uniform erschienen – und ein Mann, der zweifelsfrei der Kommandant war. Seine Leute sprachen ihn mit ‚General' an. Er gab ein Kommando und seine Männer erschossen die Wachleute, die vergewaltigt und gemordet hatten.

Der General sagte nur ‚Zählen'. Ich lag im Blut eines anderen und stellte mich tot.

„Zwölf Stück plus sechs Wärter", sagte der Mann, der offensichtlich der Adjutant des Generals war. Ich war sehr nahe dran und dann hörte ich den General wie er sagte: ‚Abtransportieren!'

Sein Adjutant: ‚So geht es nicht weiter. Es sind zu viele hier. Wir brauchen eine Atempause, auch, um endlich geeignetes Personal zu finden und nicht diesen Abschaum'.

Der General: ‚Du hast Recht. Auf der nächsten Sitzung müssen wir über ein größeres Kontingent reden. Reinen ..., unverständlich ...damit wir hier wieder Ordnung hineinbekommen!'

Adjutant: ‚Wann ist die?'. General: ‚Nächste Woche!'. Eine Sitzung, Pierre! Es ist genau, wie wir dachten!!! Eine Sitzung, um reinen Tisch zu machen, vermute ich. Ich ließ mich raustragen und wurde auf einen LKW mit Leichen geworfen. Ich versuchte, oben zu bleiben, um irgendwo abspringen zu können, was mir in der Dunkelheit gelang. Ich habe alles aufgenommen!! Einer der Schleuser hatte mir in der Halle das Handy zugesteckt. Ich lief in Richtung Meer, östlich von Bengasi, von wo aus die Boote ablegen. Dort mischte ich mich unter die Wartenden. Alle haben Bändchen mit einer Nummer... perfekt organisiert, mit Barcode!! Stand jetzt: ich warte auf die Abfahrt. Nachtrag: Aufregung unter dem Wachpersonal. Man läuft durch die Menge und kontrolliert die Bändchen. Von weitem sehe ich eine Staubwolke, wahrscheinlich mehrere Fahrzeuge. Sie suchen MICH. Ihnen ist aufgefallen, dass es eine Leiche zu wenig war. Die ersten Boote legen ab. Ich versuche an Bord zu kommen. Gott steh mir bei. Ich habe Angst. Audiodatei anbei!"

„Er hat es nicht geschafft", sagte Yariv und gab Angelos das Tablet zurück.
„Doch. Hätten sie ihn erwischt, läge sein Kopf am Strand in Libyen und wäre nicht bei uns angespült worden!"
„Ich glaube nicht, dass er die zusätzlichen Stunden als besonderen Gewinn empfunden hat", meinte Yariv.
„Die Frage ist, was ist nach dem Ablegen des Bootes auf dem Meer passiert? Und warum haben sie ihm so hartnäckig nachgestellt? Die Lager sind bekannt. Die Schleuser auch. Und Sitzungen zum Thema Flüchtlinge gibt es wöchentlich. Selbst eine Zusammenkunft unter Schleusern wäre nichts Überraschendes. Ich kann nicht erkennen, worin der Scoop bestehen soll", sagte Yariv.
„Aber es muss einer sein. Niemand köpft sechzehn Menschen für Nichts. Und vergiss nicht Pierre. Seinen Kopf transportiert man bis nach Piräus. Aufwändig und gefährlich. Nein, diese Sitzung muss eine Außergewöhnliche sein. Eine, von der man nicht will, dass sie bekannt wird. Und um das zu erreichen, wurden die Menschen geköpft", sagte Angelos.
„Da sind aber noch viele weiße Stellen im Text", meinte Yariv. „Wie willst du sie füllen?"
„Ich hoffe, dass die Bojen dazu führen, dass wir den Bereich, in dem der Tatort liegt, eingrenzen

können. Dann folgt die Fleißarbeit: Aufnahmen von Satelliten und Drohnen aus genau dem Gebiet sichten", sagte Angelos.

„Für Letzteres brauchst du Abu!"

Angelos nickte.

„Aber alles hängt von den Bojen ab, ansonsten ist das wie die berühmte Nadel im Heuhaufen!"

Sein Handy vibrierte.

„Oh. Katerina. Sie sind in einer Stunde zurück. Oh je. Wenn sie mailt, heißt das, Daniel geht es nicht gut. Ich habe ein schlechtes Gewissen, weil er fahren musste, obwohl er leicht seekrank wird!"

Yariv winkte ab.

„Hühnersuppe und danach zwei doppelte Espresso, dann wird er wieder. Außerdem bin ich mir sicher, dass er selbst an Bord der ‚Titanic' gehen würde, wenn du es willst!", sagte Yariv und stand auf.

27

Kommissar Angelos Nikakis verfügte über herausragende Fähigkeiten. Eine jedoch besaß er nicht: Geduld. Schwierig in einem Beruf, in dem das Warten zur hauptsächlichen Tätigkeit gehört.

Angelos, Yariv und Daniel lagen auf der Terrasse in Ornos, aber der Kommissar war alles andere als entspannt.

„Wir sollten einen Aschenbecher kaufen, bei dem die Kippen automatisch stündlich abgesaugt werden", meinte Daniel, als es an der Tür klopfte.

„Ich geh schon", sagte Daniel und kam kurz darauf zurück:

„Da stehen zwei Rabbis vor der Tür!"

„Rabbis?", fragte Angelos erstaunt.

„Nein. Macht der Gewohnheit. Zwei Priester in schwarzen Gardinen!"

Tatsächlich standen Pater Nikolaos und Pater Stefanos in der Türe. Ersterer betreute die orthodoxen Gläubigen, Letzterer war der Seelsorger der wenigen Katholiken. Auch wenn beide Kirchen direkt nebeneinander lagen, war das Verhältnis zwischen den beiden schwierig.

Pater Nikolaos war ein entspannter und gütiger Mann, der auch gerne lachte. Angelos mochte ihn.

„Die geballte Ökumene", sagte Angelos und grinste.

„Herr Bürgermeister, wir sind zusammengekommen, weil wir uns beide Sorgen machen. Unsere älteren Gemeindemitglieder haben Angst vor der Prophezeiung. Sie lachen sicherlich darüber, aber die Alten glauben solche Geschichten", sagte Pater Nikolaos.

„Poseidons Kinder? Eine Geschichte, die zweitausend Jahre alt ist und sich mit jedem Weitererzählen verändert hat? Das Ganze ist eine Mordtat im 21. Jahrhundert und hat nichts mit den alten Griechen oder Göttern zu tun!"

Pater Stefanos´ Gesicht verfinsterte sich.

„Auch die Bibel ist eine Sammlung von überlieferten Geschichten. Dennoch leben Milliarden Menschen auf diesem Planeten nach ihr. Natürlich gibt es auch andere. Zum Beispiel Männer, die Unzucht treiben und das mit gleich zwei Männern!"

Pater Nikolaos packte Angelos am Arm, um Schlimmeres zu verhüten, doch Angelos blieb ruhig.

„Meine Männer sind wenigstens volljährig", knurrte Angelos.

Pater Stefanos lief rot an und machte auf dem Absatz kehrt.

„Lassen Sie ihn. Aber das ändert nichts daran, dass unser Anliegen berechtigt ist. Ängste mögen irrational sein, aber sie existieren und quälen die Menschen", sagte Pater Nikolaos.

„Ich mache eine Bekanntmachung, in der ich darauf hinweise, dass die Inselverwaltung wachsam und auf alle Gefahrensituation vorbereitet ist. Dann füge ich die Verhaltensregeln für Erdbeben und Tsunamis an und lasse mehr Streife fahren. Entspricht das Ihren Wünschen, Pater?"

„Hervorragend. Noch besser wäre es, die Morde würden bald aufgeklärt. Dann fiele Poseidon als Täter weg!"

„Der steht nicht ganz oben auf der Verdächtigenliste", meinte Angelos und lachte.

„Noch ein persönliches Wort. Es wäre sicherlich gut für Ihr Ansehen, wenn Sie Ihre häusliche Situation klären würden. Man tuschelt!"

Angelos seufzte.

„Wenn ich nur wüsste, wie!"

Pater Nikolaos schaute durch das Fenster auf die Terrasse.

„Der Junge mit den Kulleraugen?"

Angelos nickte.

„Süß. Ist der wirklich schon volljährig?", fragte Pater Nikolaos.

„Er ist dreißig!"

„Gute Gene. Nun, dem Herrn sei Dank, dass ich qua Amt nicht in solche Situationen gerate. Aber die Lösung liegt in Ihrem Blick. Wie heißt er denn?"

„Daniel".

Pater Nikolaos lachte.

„Dann haben Sie keine Chance zu entkommen. Daniel bedeutet: der mächtige Richter!"

28

Kommissar Angelos Nikakis kam sich vor wie ein Bergsteiger, der zwar die ersten Felsvorsprünge erklommen hatte, aber nun mitten in der Steilwand hing. Doch am Donnerstag flog vom Gipfel ein Seil mit Karabiner herab, das ihn der Spitze – dem Kern des Falls – näherbrachte.

„Stefanidis. Wie geht es unserem schönen Kommissar?"

„Höre ich da einen gewissen Spott?", fragte Angelos.

„Würde ich mich niemals trauen. Aber es gibt einige neue Daten über unsere Bojen!"

„Jetzt schon? Das überrascht mich."

„Mich ehrlich gesagt auch. Aber es kristallisiert sich ein Muster heraus. Vier Bojen bewegen sich fast synchron auf den Wirbel bei Naxos zu, was bedeutet …"

„…sie würden an der Südküste von Mykonos landen", ergänzte Angelos.

„Könnten. Das ist aber nicht das Entscheidende. Es handelt sich um die Bojen A1, A2, B1 und B2!"

„Ein zusammenhängendes Gebiet? Das wäre fast zu schön, um wahr zu sein!"

„Dennoch sieht es so aus. Das ergäbe einen Sektor, der nur 40 mal 40 Kilometer groß ist", sagte Katerina.

„Und den potenziellen Tatortbereich um 95 Prozent reduziert. Damit könnte man arbeiten. Ich könnte dich küssen, also, ich meinte, ich würde, wenn …"

„Schon begriffen. Mir wäre es lieber, du würdest dich an unsere Abmachung halten!"

„Natürlich. Ich werde bei der Pressekonferenz die Rolle deines Instituts bei der Lösung des Falls betonen und gleichzeitig auf die empörend niedrige Finanzierung hinweisen. Text gut gelernt?"

Katerina lachte.

„Perfekt. Es gibt aber noch mehr Ergebnisse. Der Wind ist etwas stärker als zum angenommenen Zeitrahmen der Tat. Meine altersschwachen Computer haben errechnet, dass die Anlandung in etwa 70 Stunden erfolgt. Plus verstrichene Zeit, 34 Stunden, ergäbe 104. Rechnet man einen Unsicherheitsfaktor von vier Stunden ein, würde das bedeuten …

„… die Tat erfolgte zwischen 100 und 108 Stunden vor dem Anspülen der Köpfe in Paradise! Ich sollte dich doch küssen", sagte Angelos.

„Ich überlege es mir. Ich habe es mit verschiedenen Windgeschwindigkeiten und unterschiedlicher Strömungsstärke simuliert. Das Ergebnis ist genau der genannte Zeitrahmen!"

Endlich, dachte Angelos. Endlich geht es voran.

„Ach übrigens: dein neuer Liebhaber …"

„Daniel. Er heißt Daniel", sagte Angelos.

„Die sechs Stunden Fahrt wären ziemlich langweilig gewesen, hätte er nicht die ganze Mannschaft unterhalten. Sehr sympathisch, obwohl man ihm angemerkt hat, dass ihm nicht wohl war. Wäre ich nicht lesbisch …"

Angelos lachte.

„Ich mache einen Kreidestrich hinter seinem Namen", sagte Angelos und lachte.

Damit war klar: jetzt endlich könnte er mit Abu Bakars Hilfe den Tätern auf die Spur kommen.

„Wer fliegt später mit?", rief Angelos.

„Kann nicht. Ich habe nächste Woche meine Vernissage", sagte Yariv.

Daniel hingegen nickte.

„Ein gutes Omen", sagte er.

„Hä? Was für ein Omen?"

„Schon vergessen? An dem Abend, an dem wir uns kennengelernt haben, war Abu auch dabei!"

29

150 Seemeilen südlich von Mykonos

Kein Wirtschaftszweig steht so exemplarisch für Kapitalismus wie der Drogenhandel. Während andere Branchen durch Gesetze reguliert und durch Aufsichtsbehörden kontrolliert werden, ist der Drogenmarkt frei von Regularien – weil er verboten ist. Jedoch stören Polizeibehörden den reibungslosen Ablauf der Transaktionen nur marginal.

Abu Bakar war der Erste, der erkannt hatte, dass man ein Business auch wie ein Business aufziehen sollte. Während seine Mitbewerber unter Erweiterung des Vertriebsgebietes vornehmlich das physische Ableben der Konkurrenz verstanden, arbeitete Abu Bakar mit Marktanalysen. Bei dem Wort Logistik dachten herkömmliche Drogenhändler an Boote oder Kuriere – Abu Bakar übertrug das Just-in-Time-Prinzip der Autoindustrie auf den Drogenhandel.

Zielgenau die benötigte Menge liefern, hatte den großen Vorteil, dass man keine Lagerkapazität benötigte. Außerdem bedeuteten viele kleine Transporte, dass die Polizeibehörden gar nicht die Kapazität hatten, auch nur einen Teil stoppen zu können. Und selbst wenn: es waren immer nur begrenzte Mengen.

Zum Just-in-Time-Konzept gehört auch, dass man die Lieferketten lückenlos überwacht, um Gefahren antizipieren und reagieren zu können. Daher hatte Abu Bakar ein eigenes Informationssystem etabliert, das den unberechenbarsten Teil der Matrix ausschließt: den Menschen.

Er erwarb mehrere Drohnen vom Typ Global Hawk, die es ihm erlaubten, alle seine Lieferungen zu überwachen und im Notfall zu schützen, denn die unbemannten Flieger verfügten über Hellfire-Raketen, die einem die unliebsame Konkurrenz oder den Zoll zur Not vom Hals schafften.

In Armeekreisen in Athen echauffierte man sich darüber, dass Abu Bakars Luftüberwachungssystem lückenloser war als das eigene. Gesteuert wurde das Imperium des Abu Bakar von seiner Yacht aus. Wohnsitze an Land waren ihm suspekt. Und die im Drogenhandel übliche Gewalt? Nun, Abu Bakar wendete sie selten an, meist im Rahmen von Abmahngesprächen mit Mitarbeitern, die auf eigene Rechnung arbeiten.

Der betreffende Mitarbeiter betrat das sogenannte Besprechungszimmer und verließ es nach einigen Minuten mit weniger Körperteilen als zum Zeitpunkt des Gesprächsbeginns.

Zeitraubende Gewalt empfand Abu Bakar als betriebswirtschaftlich unsinnig. Darunter fielen auch seine langwierigen Auseinandersetzungen mit Kommissar Angelos Nikakis auf Mykonos. Die Kykladeninsel war die Perle in Abu Bakars Vertriebsgebiet, Schade nur, dass ausgerechnet dort ein Kommissar namens Angelos Nikakis saß, der nicht nur unbestechlich, sondern auch hartnäckig war. Abu und Angelos hatten sich gegenseitig fast umgebracht. Sie hätten schon vorher erkennen müssen, dass eine Übereinkunft sinnvoller gewesen wäre.

Und so schlossen Abu Bakar und Angelos Nikakis einen Pakt: Abu bekäme freie Hand für den Vertrieb von Drogen auf Mykonos, aber unter strengen Auflagen: keine gestreckte Ware, kein Verkauf an Jugendliche und keinerlei Gewalt. Disziplinarische Maßnahmen – also die vorher erwähnten Abmahngespräche – dürfen nicht auf Mykonos vollzogen werden. Nein: Angelos Nikakis erhielt für diesen Deal kein Geld, aber er gewann einen Freund hinzu, der noch dazu bei zahlreichen Ermittlungen behilflich sein konnte, da seine technischen Möglichkeiten die der griechischen Polizei weit überstiegen.

Da der Tatort zweifellos in den Weiten der Ägäis lag, konnte nur Abu Bakar wissen, was passiert war – aus einer Höhe von 40.000 Fuß.

30

Der Hubschrauber machte einen letzten, unbeabsichtigten Hüpfer, als er auf dem Rondell aufsetzte.

„Scheiß Meltemi, sorry", knurrte der Pilot.

Abu Bakar stand mit verschränkten Armen auf der Treppe und grinste.

„Ah. Vom kleinen Übersetzer zum zukünftigen Vizekönig", sagte er und umarmte seine zwei Besucher.

„Hier riecht es aber gut", sagte Daniel.

„Das will ich auch hoffen. Kobe-Filet, 800 Euro das Stück! Hunger?"

„Auf jeden Fall", meinte Daniel vergnügt.

„Aber danach sofort an die Arbeit", sagte Angelos.

„Du musst ihn unbedingt etwas lockern", meinte Abu zu Daniel.

„Ich tue mein Möglichstes! Du hast einen Koch an Bord?", fragte Daniel.

„Drei", knurrte Abu.

„Ich werde auch Drogenhändler", sagte Daniel, sah aber Abus finsteren Blick. „Äh, Manager für Gesundheitsprodukte?"

„Besser. Also, Angelos, ich denke es geht um deine Köpfe-Sammlung! Aber ehrlich gesagt, verstehe ich die ganze Aufregung nicht. In der Ägäis ersaufen seit Tausenden von Jahren Menschen. Griechen, Türken, Perser, Afghanen. Jeder weiß, dass die Ägäis ein gefährliches Meer ist. Wer sich hier in eine Nussschale setzt, muss unfassbar dumm sein!"

„Oder verzweifelt. Aber mich interessiert nicht deren Motiv, sondern das Motiv der Täter und der Ablauf", sagte Angelos.

Abu lachte.

„Das Motiv? Es ist immer dasselbe: Dollar, Euro oder früher Drachmen und Piaster. Seit Jahren fahre ich durch dieses Meer und kenne das System!"

„System? Hinter diesem Chaos steckt System?", fragte Daniel.

„Es ist ein Business und das benötigt zum Funktionieren ständigen Zufluss. Natürlich von Geld!"

„Es handelt sich um Menschen, die vor Krieg und Hunger fliehen", sagte Daniel.

Abu lachte laut.

„Köstlich. Angelos, du solltest ihn behalten: er ist unterhaltsam. Nein, Daniel. Krieg und Hunger herrschen im Nahen Osten schon immer. Und in Afrika auch. Trotzdem gab es früher keine Massen-immigration. Warum? Weil die Menschen jetzt Geld haben. Die Überfahrt kostet 2.000 Euro. Das ist mehr als 90% der Griechen besitzen. Das sind keine Armen. Es ist eher die Mittelschicht in diesen Ländern und die wollen schlicht mehr. Die Gier treibt sie an. Flüchten tut man über die nächste Grenze. Aber diese Menschen überque-ren fünf, sechs Grenzen, obwohl sie schon hinter der ersten in Sicherheit wären.

Nein, es ist die Gier nach Wohlstand!"

„Abu, unser Menschenfreund", meinte Angelos und grinste.

„Der Mensch ist böse und gierig. Und er setzt Mitleid als Waffe ein. Es geht immer um Wohlstand und Geld. Ganz besonders in diesem Fall. Alle Beteiligten verdienen daran. Wollen wir anfangen? Am Naheliegendsten: die Schleuser. Nein, zuerst die Herkunftsländer. Die Länder daneben bekommen Hilfsgelder, die aber die Flüchtlinge nie erreichen. Und am Mittelmeer? Die Griechen und Türken kassieren Milliarden, die Hälfte davon verschwindet. Und es geht bis ins Kleinste: die griechische Marine bekommt Geld und Posten. Selbst die NGOs profitieren. Ohne Flüchtlinge kein Geld!"

„Aber es gibt Verlierer: die Flüchtlinge", widersprach Daniel.

„Wirklich? Der größte Teil schafft es letztendlich bis nach Deutschland, Schweden oder Italien. Der Prozentsatz, der ersauft, ist minimal. Ein Risiko, das man eingehen kann. Dumm ist nur, dass die Ägäis das Risiko erhöht!"

„Und irgendjemand mit der Machete Köpfe abtrennt. Aber die Opfer waren nicht nur Flüchtlinge, sondern auch zwei Europäer einer NGO", sagte Angelos. „Wenn alle profitieren, wie du meinst: warum dann diese Blutorgie?"

„Vielleicht, weil man dadurch noch mehr Geld verdient. Follow the money!"

„Zuerst heißt es: find the ship", sagte Angelos. „Zeit für den Technikraum!"

31

Wow", sagte Daniel, als sie den Technikraum betraten. „Ist das eine Außenstelle der CIA?"

„Nur etwas moderner", sagte Abu Bakar ohne jeden Anflug von Ironie. „Was brauchst du?"

„Satellitenaufnahmen vom Donnerstag, den vierzehnten, 22 bis 6 Uhr", sagte Angelos.

„Und UAVs", fügte Daniel hinzu.

Angelos und Abu starrten ihn an.

„Schaut mich nicht an, als wäre ich ein Idiot. Ich war bei der Armee. Unmanned aerial vehicle, im Volksmund Drohne. Predator oder Global Hawk?"

„Hawks", antwortete Abu mit einem Schmunzeln.

„HALE?", fragte Daniel.

Abu nickte.

„High Altitude, long endurance. Unbewaffnet, aber dafür hochfliegend", erklärte er, dieses Mal in Angelos´ Richtung.

„Mein Sonnenschein hier hat es mehr mit Glocks und Berettas", meinte Daniel und lachte.

„Ganz schön frech", sagte Abu und gluckste. „Mit ihm werde ich noch viel Spaß haben!"

„Können wir ihn nicht einfach aussetzen?", fragte Angelos.

„Ich befürchte, das würde dich unglücklich machen. Aber zurück zur Arbeit. Wo fangen wir an?"

„Satellit. Für den groben Überblick", sagte Angelos.

Auf dem Screen erschienen – neben technischen Parametern – die Wetterdaten.

„Shit. Südwestwind, Stärke 6. Das bedeutet …", begann Abu.

„… viel Saharastaub und daher eingeschränkte Sicht. War bei uns auch immer so", ergänzte Daniel.

„Zeig uns erst einmal die südliche Ägäis. Radar", sagte Angelos.

Daniel seufzte, als sich das Bild aufbaute.

„Schaut aus wie ein Ameisenhaufen auf Extasy"!" Und das traf es haargenau.

„Und jetzt unser Planquadrat!"

„Das ist nördlich von Andikythira. wie kommen die von da nach Mykonos? Der Peleponnes ist viel näher", sagte Abu.

„Der Wind, aber vor allem die Strömung. Südwest. Durch den Wind in derselben Richtung geht´s ziemlich fix!"

Der Meeresabschnitt baute sich auf.

„Verdammt viel Verkehr. Sortieren wir die aus, die stoppen", sagte Angelos.

„Warum das denn?"

„Nach den Aufzeichnungen von Xenakis ist er mit dem ersten Boot geflohen. Die Schlepper haben das Boot verfolgt und gestellt. Bei voller Fahrt köpft es sich ziemlich schwer", sagte Daniel.

„Wir setzen ihn doch aus", knurrte Abu.

„Vier Boote. Zwei davon zu weit rechts. Versuchen wir die zwei mitten im Quadranten. Und auf Bild umschalten", sagte Angelos.

Alle drei schreckten zurück. Der Screen leuchtete in einem grellen Orange.

„Der Sand", sagte Daniel. „Zurück zum Radar. Und für Details nehmen wir die Wärmebildfunktion!"

„Setz dich her", befahl Angelos.

„E-es war nur ein Vorschlag. Ich... äh.. wollte doch nur …"

Angelos lächelte.

„Du sollst dich hinsetzen. Du willst mein Partner sein? Dann tu, was ich dir sage!"

„Partner als Vize-Kommissar oder fürs Leben?", fragte Daniel.

„Achtung, Angelos, Glatteis", rief Abu amüsiert.

„Keine Sorge. Das Streusalz rieselt mir schon aus dem Hosenbein. Daniel: nicht jetzt. Du kennst dich mit dem Zeug besser aus als ich, also hilf uns!"

32

Athen

Und du bist dir sicher, dass er auf Abu Bakars Yacht ist?", fragte der Mann, der am Fenster stand.

„Natürlich bin ich mir sicher", schnaubte der Mann im Sessel. „Ich bin der Geheimdienstchef. Ein griechischer Kommissar, der mit einem Drogen-händler zusammenarbeitet. Ginge es nach mir, käme Nikakis allein dafür in den Knast!"

„Ich brauche dir nicht zu sagen, dass auch unsere Quellen nicht immer die ehrbarsten Leute sind. Ich bin mir nicht mal sicher, ob wir beide unter die Kategorie Ehrenmänner fallen", sagte der Mann am Fenster und lachte laut.

„Lass die Scherze. Bakar hat enorme Ressourcen, technische und finanzielle. Und die stehen Nikakis zur Verfügung!"

„Bestechung?"

Der Mann im Sessel schüttelte den Kopf.

„Nein. Ihn treibt etwas anderes. Auf alle Fälle ist er ein Linker!"

„Und damit per se verdächtig in deinen Augen! Aber was könnte ihm Abu Bakar liefern?"

„Satelliten- und Drohnenbilder. Gott sei Dank verstehen wir unser Geschäft. Bei Südwestwind ist meist nur eine braune Suppe zu sehen!"

„Aber das weiß Nikakis auch. Mit wem ist er dort?"

„Mit seinem neuen Lover. Israeli. Jude!"

„Ein Agent?"

„Nein. Irgendein Taugenichts. DJ oder Kellner!"

„Was regst du dich dann auf?"

„Du hast recht. Drohnenbilder sind nicht wie Fernsehen. Man muss bei solch schwierigen Sichtverhältnissen genau wissen, was man tut, Rotfilter justieren – dazu braucht man Erfahrung!"

„Die hat Abu Bakar doch?"

„Bezweifle ich. Für ihn ist das Radar wichtiger. Seine Lieferungen verfolgen. Nur bei Schwierigkeiten braucht er die Drohne. Ich glaube nicht, dass er alle Feinheiten beherrscht!"

„Was uns doch beruhigt", sagte der Mann am Fenster. „Niemand wird herausfinden, was passiert ist und das Meeting kann ohne Bedenken stattfinden!"

Der Mann im Sessel verzog das Gesicht.

„Musste es unbedingt Rhenia sein? Direkt vor der Haustür von Nikakis?"

„Hör zu. Man hat ganz einfach einen zentralen Ort gesucht, den alle leicht und unbemerkt erreichen können. Da bleibt in der Ägäis nicht viel – außer Mykonos, oder besser: Rhenia. Es ist unbewohnt und die Bucht an dem Tag trotzdem voller Boote. Da fallen einige Boote mehr nicht auf. Außerdem ist es zu spät, um es zu ändern. Unsere Partner müssen ihre Reisen sorgfältig planen. Während Herr Nikakis samt Liebhaber in der Ägäis herumschippert, treffen wir uns bei ihm zuhause. Ich finde das geradezu köstlich. Wollen wir nur hoffen, dass er nicht weiß, wie man bei der Drohnensoftware den Rotfilter einstellt!"

33

150 Seemeilen südlich von Mykonos

Was soll man denn da erkennen?", fluchte Angelos.

„Gemach, gemach. Jetzt auf ‚Mixed' und dann den Rotfilter raus und etwas Grün dazu", meinte Daniel.

Plötzlich spürte Daniel, dass ihn Angelos am Ohr hochzog.

„Aua! Was soll das?"

„Woher weißt du das alles? Ich dachte ..."
Daniel grinste.

„Tja. Hättest du mir mal an dem Abend, an dem wir uns kennengelernt haben, nicht nur auf den Schritt gestarrt, sondern zugehört. Ich habe laut und deutlich gesagt, dass ich im Außenministerium arbeite, in der Abteilung für Südosteuropa und dazu gehört Griechenland. Ich habe Analysen gemacht. Für die Regierung, aber auch für Privatfirmen. Und heutzutage muss man nicht tagelang das Land bereisen. Man nimmt sich Drohnen- und Satellitenbilder vor. Die haben den Vorteil, dass sie nicht lügen. Ich hatte täglich mit Drohnenbildern zu tun. Mein letzter Auftrag war für eine Baufirma, die das neue Autobahnstück von Kalamata nach Methoni baut. Da gibt es ein geologisches Problem, von dem aber in der Ausschreibung keine Rede war. Dass ich nach Mykonos als Übersetzer kam, war nicht vorgesehen. Aber nochmal: ich habe das alles an dem Abend in Ornos erzählt. Abu war dabei! Sag Angelos, dass ich die Wahrheit sage!"

„Um ehrlich zu sein, habe ich mehr auf Angelos geachtet, weil es zu köstlich war, wie er auf dich reagiert hat. Er hatte Schweißausbrüche und dauernd Worte verwechselt", sagte Abu und lachte.

„Sehr witzig", knurrte Angelos. „Und du hattest keine Zeit, mir das alles noch einmal zu sagen?"
Daniel grinste.

„Nö. Vielleicht wollte ich auch sehen, ob sich der große Nikakis in einen kleinen Übersetzer verlieben würde!"

„Und was war das Ergebnis deines kleinen Tests, du kleiner Scheißkerl?"

„Hm. Ich denke, Herr Nikakis hat den Test bestanden!"

„Da bin ich aber froh", sagte Angelos, musste aber lächeln. „Ganz schön ausgebufft!"

„Ach was. Du brauchst jemand, der dich jeden Tag fordert und das gedenke ich zu tun. Mache ich etwas falsch, bügeln das meine Kulleraugen locker wieder aus", sagte Daniel und schaute unschuldig.

Abu Bakar lachte laut los.

„Angelos, bitte behalte ihn. Er ist perfekt!"

„Hör einfach auf Abu, Angelos", sagte Daniel und setzte sich wieder.

„Zurück zur Arbeit. Das Boot mit Xenakis nennen wir A, das Verfolgerboot B, die am Rand des Gebiets C und D. Gehen wir es systematisch an. Zurück zum Radar und dann drei Stunden rückwärts", sagte Daniel.

Was dann zu sehen war, überraschte die drei. Nicht, dass Boot A vornewegfuhr und Boot B gegen 23.00 Uhr einholte und stoppte.

Wieder war es Daniel, dem die Unstimmigkeit auffiel.

„Schaut auf C und D. Die liegen noch um 20.00 Uhr direkt nördlich von Andikythira. Genau an der Stelle, an der das Verfolgerboot später das Boot mit den Flüchtlingen stoppte!"

Alles Weitere war frappierend. Als A und B sich näherten, fingen C und D an, sich zu bewegen, beide mit Kurs Osten.

„Komischer Zufall", meinte Daniel.

„Das ist keiner. Sieht aus, als hätten C und D das Gebiet freigehalten, weil sie wussten, dass dort etwas passieren würde. Wenn wir nur wüssten, was für Boote das sind", sagte Angelos.

„Schauen wir mal, ob sie einen Transponder an Bord haben oder richtiger: ob er angeschaltet war!"

Das neue Bild zeigte tatsächlich zwei stilisierte Schiffsrümpfe in Gelb, einer mit dem Buchstaben F, der andere mit NG.

„Jetzt müssen wir herausfinden, was die Buchstaben …", begann Daniel.

„Müssen wir nicht. Gelb bedeutet Schnellboot. Aber es ist verstörend: F steht für ‚Frontex' und NG für ‚Naval Forces Greece'!"

Angelos sprach es als erstes aus.

„Marine und Frontex liegen am Tatort und räumen das Gebiet rechtzeitig vor der Tat – und das zur gleichen Zeit mit gleichem Kurs. Können wir versuchen, ein Bild zu bekommen?"

„Klar, Großer", sagte Daniel. Zwei Minuten später waren sie quasi dabei, als es passierte. Ein verschwommenes Wärmebild in Grünstufen.

„Besser geht es nicht, aber man erkennt mehr als vorhin mit dem klassischen Bild", sagte Daniel.

Die Boote stoppten. Rechts lag das Flüchtlingsboot, da zahlreiche Wärmequellen dicht nebeneinander zu erkennen waren. Dann bewegte sich ein Kreis und wechselte auf das

Verfolgerboot. Kurz darauf schien sich der Kreis zu teilen. Ein kleiner und ein großer.

„Xenakis, als er geköpft wurde", sagte Daniel.

In den folgenden Minuten wiederholte sich das Schauspiel sechzehn Mal.

Dann wurde das Bild von Blitzen gestört.

„Mündungsfeuer", sagte Abu Bakar. „Aber warum köpft man einen Teil, erschießt aber den Rest? Das gibt keinen Sinn!"

„Doch. Ich hätte eine Theorie", sagte Daniel.

„Wir gehen davon aus, dass Xenakis sterben musste, weil er in dem Schuppen in Bengasi das Gespräch des Generals mit seinem Adjutanten mitgehört hat, richtig?", fragte Daniel.

„Ja. Auch wenn wir noch nicht wissen, was es genau bedeutet", antwortete Angelos.

„Ich vermute, dass man alle geköpft hat, die das Gespräch hätten hören können. Das heißt: alle, die in dem selbem Schuppen waren. Anhand der Bändchen konnte man sie aussieben. Die anderen auf dem Boot waren ungefährlich. Sie kamen aus anderen Schuppen oder Hallen. Deswegen die Salven auf das Boot. Sie starben durch die Schüsse oder ertranken später, aber das spielte keine Rolle. Selbst wenn sie überlebt hätten: sie wussten nichts", sagte Daniel.

„Er hat recht. Nur: es bleibt immer noch die Frage, was die Bemerkung über eine Konferenz sollte. Warum treibt man einen solchen Aufwand und beseitigt alle potenziellen Zuhörer?", fragte Abu.

„Schauen wir doch mal, was der Funkverkehr liefert! Haben die Herren über Satellitentelefone kommuniziert, erfahren wir vielleicht etwas!"

„Die werden nicht so dumm sein, eine Gewalt-orgie übers Telefon durchzusprechen", knurrte Angelos.

Doch Abu ließ sich nicht beirren.

Er isolierte die Gespräche aus dem betreffenden Seegebiet.

Aber es war seltsam: Boot B, das Verfolgerboot, führte ein Gespräch, während auf Boot D, dem Marineboot, eines einging.

Doch es war nichts zu hören. Ein kurzer Piepston, ein kurzes Brummen, Ende.

Dreißig Minuten später, also nach der Tat, derselbe Ablauf. Ein Anruf, aber niemand sprach.

„Nochmal", sagte Daniel.

„Du willst, dass niemand versteht, was du am Telefon sagst. Wie erreichst du das? Durch technische Verschlüsselung der Geräte. Aber dafür müssen alle Geräte dementsprechend ausgerüstet sein. Oder du kodierst händisch, nach der alten Methode, mit Buch und Buchstabenzählen. Aber das dauert ewig!", sagte Daniel. „Spiel es nochmal ab!"

Daniel schlug sich gegen die Stirn.

„SQUIRTING!"

„Was bitte?", fragte Abu.

„Squirting. Im Grunde eine primitive Methode. Du sprichst einen ganz normalen Text und er wird einfach komprimiert. Aus dem Satz ‚es herrscht schönes Wetter auf Mykonos' wird ein kurzes

Zischen oder Knacken, das jeder für eine Störung hält!"

„Aber auch dafür bräuchten alle Teilnehmer die Technik", wand Angelos ein.

„Nein, Großer. Es ist eine primitive Software, die jeder aus dem Netz herunterladen kann", sagte Daniel und tippte hektisch auf seinem Smartphone herum.

„Abu, schick mir die mp3-Datei!"

Ein Lächeln auf Daniels Gesicht zeigte, dass es funktioniert hatte. Er hielt sein Smartphone hoch.

„Leila 5 an Psiora 4. Zielgebiet 20 nördlich Andikythira. Eintreffen 2300!"

„Nehmen Fahrt auf, Kurs Ost. Sehen uns auf Rhenia, General!"

Funkstille. Im Äther und auf Abus Yacht.

„Libysche Gangster telefonieren mit einem Boot der Marine? Und der Oberschlepper namens General leitet die Jagd persönlich?", sagte Abu sichtlich überrascht, obwohl ihn im Grunde nichts mehr erschüttern konnte.

Angelos Nikakis war genauso perplex. Offensichtlich hatten sowohl Marine als auch Frontex den Meeresabschnitt freigehalten. Sie mussten gewusst haben, dass hier eine Verfolgungsjagd stattfindet – anders waren die Radarbilder nicht zu interpretieren. Noch überraschter war er, dass die Konferenz ausgerechnet auf Rhenia stattfinden sollte.

Quasi vor seiner Haustüre.

34

Athen, Villa Maximos

Die Villa Maximos, der Sitz des Premierministers, war das Machtzentrum der hellenischen Republik – oder zumindest dessen Illusion. Denn weder das Ausland noch die eigenen Bürger scherten sich um das, was im Inneren beschlossen wurde, was meist auch an der Qualität der Entscheidungen lag.

Sieben Premierminister hatte Eleni, Chefin des Vorzimmers, erlebt und ihre Hoffnung, es käme etwas Besseres nach, wurde jedes Mal enttäuscht. Den jetzigen Premierminister schätzte sie dennoch, denn Antonis Migiakis besaß eine seltene Eigenschaft: er war ein guter Mensch mit Charakter und Benehmen, eine Kombination, die sonst niemand mit dem Ort Athen in Zusammenhang bringt.

Als Eleni Angelos Nikakis erblickte, strahlte sie.

„Endlich mal wieder ein schöner Mann. Ich fühle mich sträflich vernachlässigt. Nur zu entschuldigen, wenn man frisch verliebt ist!"

Angelos küsste sie auf die Wange.

„Und? Wie ist der Neue? Auf dem Foto sieht er ja süß aus, aber er ist doch viel zu jung!"

„Na, hör mal. Ich bin doch kein Tattergreis mit 32. Außerdem ist er gerade mal ein gutes Jahr jünger!"

„Was? Ich hätte ihn auf zwanzig geschätzt!"

„Wie alle. Wenn er mich anschaut wie ein Teddybär, bin ich Wachs in seinen Händen", seufzte Angelos.

„Das ist doch schön. Was würde ich für eine späte Liebe geben. Aber mein Auserwählter liebt einen Teddybär aus Israel!"

Angelos lachte.

„Ich fühle mich geschmeichelt. Aber leider kann ich mit Frauen nichts anfangen!"

„Das würdest du schon lernen. Wirst du jetzt wirklich rot? Das wollte ich nicht. Ich bestehe darauf, den Teddybär kennenzulernen. Keine Diskussion!"

„Zu Befehl, meine Teuerste!"

„Schon besser. Der etwas tüttelige Herr, der sich Premierminister nennt, wartet schon!"

Als Angelos das Amtszimmer betrat, saß Antonis Migiakis mit mürrischem Gesicht auf seinem Stuhl.

„Endlich! Meine Ablösung", sagte Migiakis.

Angelos lachte.

„Im Leben nicht. Außerdem bin ich hier, um herauszufinden, ob du nicht doch ein Gauner bist!"

„Sagt der Bürgermeister, der mir Fördermittel in unverschämter Höhe abpresst!"

„Das ist nur Geld. Bei mir geht es um Menschenleben", sagte Angelos. „Und jetzt hör mir zu …"

Schon nach wenigen Minuten war Angelos klar, dass der Premier nichts wusste. Er war der einzige Politiker Griechenlands, der beim Lügen rot anlief.

„Das ist doch nicht dein Ernst. Staatliche Stellen treffen sich mit libyschem Abschaum, um sich abzusprechen? Über was? Über Kontingente? Als ließe sich Flucht kanalisieren!"

„Vor allem lässt sich Geld leicht kanalisieren. Viele verdienen eine Menge Kohle mit dem Elend. Staaten, Verbrecher, selbst lokale Handwerker. Auf Lesbos bräche Panik aus, würden die Flüchtlinge ausbleiben!"

„Und wer nimmt an dieser ominösen Konferenz teil? Sag jetzt nicht, jemand aus meiner Regierung!"

„Mit Sicherheit die Marine, Frontex und die Schleuser. Aber wenn man genauer darüber nachdenkt, macht eine solche Konferenz wenig Sinn ohne Beteiligung der Türkei oder Griechenlands!"

„Wer in meiner Regierung sollte das sein?", fragte Premier Migiakis.

„Entweder der Marineminister oder der Geheimdienstchef", sagte Angelos.

„Was hätten die beiden davon?"

„Stell dich nicht so dumm wie du bist!"

„Das Sprichwort geht irgendwie anders", protestierte Migiakis.

„Hör zu. Mit den Flüchtlingen lässt sich hervorragend Politik machen. Oder besser: Stimmung. ‚Griechenland den Griechen' oder ähnlicher Mist. Mehr Flüchtlinge bedeuten mehr Stimmen für die Rechten. An einer Lösung haben die kein Interesse, also benötigen sie für ihre Ziele einen kontinuierlichen Zustrom. Du weißt, dass dein Geheimdienst ein Eigenleben führt. Ohne dessen Hilfe wäre die ‚Goldene Morgenröte' nie entstanden!"

„Mag sein, aber ich kann neben meinen Parteifreunden nicht noch mehr Feinde brauchen", knurrte Migiakis. „Also nochmal: was willst du?"

„Ich möchte eine Überwachung des schwächsten Gliedes in der Kette", sagte Angelos.

„Und das wäre?"

„Frontex. Keine staatliche Organisation. Ich möchte den Chef überwachen und abhören lassen", sagte Angelos. „Vielleicht führt er uns zu den anderen Teilnehmern!"

„Brüssel steigt mir aufs Dach, wenn das rauskommt!"

„Brüssel würde eine Menge Geld sparen!"

„Aber für das Abhören brauchst du die Hilfe des Geheimdienstes. Nur die verfügen über die technischen Möglichkeiten", sagte Premierminister Migiakis.

Kommissar Angelos Nikakis grinste nur.

„OH NEIN", rief Migiakis. „DU WIRST NICHT DEINE FREUNDE IN TEL AVIV BITTEN, IN ATHEN JEMAND ABZUHÖREN! ICH VERBIETE ES DIR!"

Angelos Nikakis grinste noch breiter.

„Oh Gott, du hast es schon getan", sagte Antonis Migiakis.

35

Piräus

Dabei hatte Kommissar Angelos Nikakis großes Glück, denn der Leiter der Frontex-Niederlassung, Nick Calathes, war erst am Morgen aus Warschau zurückgekehrt. Calathes hasste Warschau. Bei der Landung regnete es und das Thermometer zeigte 8 Grad – sagenhafte fünfundzwanzig weniger als in Athen. Aber zwei bis drei Mal pro Jahr musste Calathes in die polnische Hauptstadt, denn Frontex hatte seinen Hauptsitz in Warschau.

Er war Teil des jährlichen Possenspiels, das Budgetberatung hieß. Der Haushaltsausschuss ließ sich von Frontex erklären, warum man erneut deutlich mehr Mittel brauchen würde.

Calathes verachtete die Mitglieder der Abordnung aus Brüssel. Gescheiterte Politiker, die in der Politiker-Wiederaufbereitungsanlage gelagert wurden, bis sie sanft und bei hohen Bezügen verscheiden.

Auf die jährlich wiederkehrende Frage, warum man denn schon wieder mehr Geld brauche, war Frontex immer gut vorbereitet. Auf dem Schirm erschienen Fotos von toten Kindern, die an den Stränden der Ägäis an Land gespült wurden. Danach war die Diskussion im Sinne von Frontex beendet.

Und so saß Calathes endlich wieder in seinem Büro in Athen und konnte sich um Wichtigeres kümmern: die Organisation der Konferenz auf Mykonos. Einige Fragen mussten dringend geklärt werden, aber Calathes war zuversichtlich. Jeder, wirklich jeder, hatte ein ureigenes Interesse daran, dass der Motor ohne Ruckeln weiter funktionierte. Dass das Treffen ausgerechnet auf Mykonos stattfinden sollte, war für Calathes ein Bonbon der besonderen Art. Vor seiner jetzigen Verwendung leitete er die Küstenwache auf Naxos, die auch für Mykonos zuständig war, zumindest theoretisch. Aber Bürgermeister Nikakis hatte ihm beim ersten Aufeinandertreffen erklärt, dass er, Calathes, nichts zu sagen hätte und Mykonos keine Hilfe brauche.

Insofern war es eine Freude, unter den Augen des Kommissars ein solches Meeting durchzuführen, ohne dass Nikakis auch nur eine Ahnung hatte. Aber Nikakis war allen Berichten zufolge vollkommen ausgelastet mit seiner Doppelbelastung „Köpfe" und „neuer Liebhaber". Calathes hatte daher keinerlei Befürchtung, Nikakis könne mehr über die Hintergründe der Hinrichtungen erfahren, geschweige denn über die Konferenz.

Alles würde glattgehen und Calathes hatte als Gastgeber alles im Griff.

Zumindest dachte er das.

Doch am frühen Morgen waren zwei junge Frauen in sein Büro und danach in sein Privathaus eingedrungen und hatten Abhörgeräte installiert. Über seinen privaten Computer schickten sie eine Mail an sein Handy, nach deren Öffnung sich ein

Virus verbreitete, der es erlaubte, auch die mobilen Gespräche von Calathes abzuhören. Das Team war aus Istanbul angereist, denn die Israelis hatten keine Mitarbeiter in Athen. Griechenland war schlicht zu unbedeutend. Und darüber hinaus: wieso sollte man Mittel für Gehälter und Beiträge zur Agentenaltersvorsorge aufwenden, wenn man sämtliche Informationen per Zuwendung erhalten konnte. Es war eine simple betriebswirtschaftliche Überlegung. Da die beiden Frauen zu den besten Schützen gehörten, die der Dienst aufzubieten hatte, war ursprünglich angedacht, sie zur Unterstützung nach Mykonos zu schicken, aber Kommissar Nikakis wollte dann doch vermeiden, dass zu viel über die Zusammenarbeit mit Tel Aviv bekannt wird. Ein gefundenes Abhörgerät besagte nicht viel, eine israelische Leiche würde schwieriger zu erklären sein.

Unbedarft machte sich Nick Calathes ans Werk und organisierte fröhlich weiter. Keines der Schiffe der Beteiligten bot den passenden Rahmen. Also musste er eine Yacht anmieten, wofür Mykonos zweifellos der richtige Ort war. Zunächst hatte er Bedenken, denn niemand durfte von dieser Konferenz erfahren, zumal man auch über die Hinrichtungen sprechen musste. Diese asozialen Bestien würden noch alles verderben, aber wir brauchen sie noch, dachte Calathes.

Seine Bedenken hinsichtlich der Verschwiegenheit waren unbegründet. Die Yacht-Vermietung hatte sowohl russische Oligarchen als auch arabische Prinzen als Kunden. Wäre das Personal nicht absolut verschwiegen, würde das Unternehmen schlicht nicht mehr existieren und der Geschäftsführer irgendwo einbetoniert worden sein. Gut, für 70.000 Euro pro Tag konnte man Diskretion erwarten.

Calathes lächelte, als er an den Termin dachte. Trinitätstag. Der ideale Tag, um sich auf Mykonos, oder präziser Rhenia, zu treffen. Hunderte von Booten würden die Insel belagern. In deren Schutz würden mehrere andere Boote und selbst eine Luxus-Yacht keinen Verdacht erregen. Sollte sich dennoch jemand nähern, würde seine ehemalige Wasserschutzpolizei eingreifen, die offiziell vor Ort war, um den irrwitzigen Bootsverkehr unter Kontrolle zu halten – und massenhaft Bootsscheine wegen Trunkenheit zu beschlagnahmen.

Niemand würde sie stören.

Glücklicherweise hatte die Yacht-Vermietung auch angeboten, sich um das Catering zu kümmern.

Kensho. Irrwitzig teuer.

Dennoch war Nick Calathes zufrieden.

Alles würde gut verlaufen.

Operation Poseidon – die in Brüssel haben manchmal Humor, wenn auch unfreiwillig.

36

Im Hause Nikakis in Ornos herrschte zunächst große Freude.

„Die Yacht ist die ‚Kouros' und das Catering macht das ‚Kensho'", sagte Angelos vergnügt.

„Den Termin haben wir auch: am Trinitätstag, die perfekte Tarnung!"

„Illegal beschaffte Beweise", entgegnete Yariv.

„Als ob das eine Rolle spielt. Die Herren aus Libyen lachen beim Wort ‚griechische Justiz'. Und bei uns haben die restlichen Teilnehmer lediglich eine vorzeitige Pensionierung zu erwarten, mehr nicht. Aber der Medienrummel wird dafür sorgen, dass es in der Ägäis humaner zugeht", sagte Angelos.

„Das ist doch etwas naiv", merkte Daniel an.

„Sollen wir einfach zuschauen? Die Köpfe hatten mal einen Körper darunter", knurrte Angelos.

„Gut. Dann fahren wir den Herren in die Parade. Ich hätte da einen Vorschlag", sagte Daniel.

Doch der Vorschlag gefiel Angelos überhaupt nicht.

„Nein, nein und nochmals nein", sagte er. „Du allein auf der Yacht mit Massenmördern und anderen Verbrechern. Ohne jede Deckung. Kommt nicht infrage!"

„Sei nicht naiv. Wir brauchen eine Aufnahme der Gespräche. Dazu muss einer von uns an Bord. Du und Yariv – euch kennt jeder. Aber ich könnte bei ‚Kensho' als Kellner anheuern. An Bord gehen, 'ne Wanze installieren – fertig", sagte Daniel.

„Wer ist jetzt naiv? Die Yacht hat die neueste technische Ausrüstung. Der Konferenzraum schirmt jedes Handysignal ab!"

„Dann muss man das System abschalten. Dazu brauche ich nur einen Computer und da steht mit Sicherheit einer in der Küche. Und ein Kellner am Küchen-Computer ist etwas ganz normales", widersprach Daniel.

„Geht der Plan aber schief – wer soll dir helfen? Wir können die Yacht stürmen, aber ein Schuss in den Kopf erfordert nicht gerade viel Zeit!"

Daniel holte tief Luft.

„Angelos, hier geht es doch gerade um etwas anderes. Du willst nicht, dass ich es mache, weil du Angst hast, den Menschen zu verlieren, den du liebst wie keinen anderen. Und das bin – ich. Ich hingegen werde es machen, um dem Menschen zu helfen, den ich am Meisten liebe. Das bist du!"

Es herrschte Totenstille in der Küche.

„Das ist die Realität und die sollten wir endlich alle akzeptieren. So – und jetzt gehe ich zu den Kitesurfern und trinke etwas. Wenn ich dann wiederkomme, könnt ihr mich ja vor die Türe setzen!"

Als die Türe ins Schloss fiel. herrschte knisternde Spannung.

„Und? Möchtest du mir etwas sagen?", fragte Yariv.

„Nicht jetzt, bitte. Lass uns bis nach dem Trinitätsfest warten. Wenn du Daniel bei der Aktion nicht mit absichern willst, frage ich Abu, ob er mir mit einem Mann aushilft", sagte Angelos.

„Vielleicht heuere ich bei der Gegenseite an. Was ist nochmal die Vorwahl von Bengasi?", antwortete Yariv, grinste aber.
Ganz sicher war sich Angelos jedoch nicht.

37

Paraga

Das „Kensho" hatte als Outfit für sein Personal uniformähnliche Hosen und Jacketts. „Sehe ich nicht heiß aus in den Klamotten?", fragte Daniel. „Du brauchst nichts sagen. An deinem Schritt erkenne ich, dass du dasselbe denkst!"
Es folgte das Kichern, das nur aus zwei Tönen bestand. Angelos liebte es.
„Am Liebsten würde ich dich in den Kühlraum zerren", flüsterte Angelos Daniel ins Ohr.
„Jetzt?"
„Wir haben noch zehn Minuten. Wenn ich dich nachher beschützen soll, brauche ich einen klaren Kopf!"
„Was habe ich mir da nur angelacht", sagte Daniel und packte Angelos am T-Shirt.

Zehn Minuten später standen Daniel und Angelos auf der Terrasse des „Kensho".

„Also, gehen wir das Ganze nochmal durch", sagte Angelos.

„Gnade. Du hast es mir schon vier Mal …"

„Und das könnte dir das Leben retten. Also: du brauchst das Micro nicht in die Oliven stecken, wir haben es in den Cocktailsticker eingebaut. Du musst die Olive nach ganz oben schieben!"

„Wie viele Oliven nochmal?", fragte Daniel.

„Beim Martini dry drei Stück, kann man sich gut merken!"

„Eine Eselsbrücke für einen Esel, der ich aber nicht bin!"

„Der Cocktail wird als Aperitif gereicht, vor Konferenzbeginn. Es ist egal, wem du ihn servierst, Hauptsache nicht zu sehr am Rand. Lass mich mal dein rechtes Ohr checken. Gut, das Micro sieht man nicht. Es ist gleichzeitig Empfänger. Wenn du leise sprichst, können wir dich deutlich hören!"

„Wie wäre es mit ein bisschen dirty talk zwischendurch?", fragte Daniel.

„Konzentrier dich, Herrgott", knurrte Angelos.

„Ich bin konzentriert. In der Küche steht der Computer. Ich stecke den Stick ein, dann klicke ich auf ‚exe' ausführen. Fertig!"

„Eben nicht. Das Programm braucht drei Minuten. Du darfst nicht so lange am Computer bleiben, das fällt auf. Du gehst in der Küche herum und nach den drei Minuten ziehst du den Stick heraus. Dann bist du fertig. Das Programm schaltet die Funksignalblockade ab und das Micro im Konferenzraum funktioniert! Das Cateringboot wird zwischendurch einmal zurück zum Hafen fahren, du gehst an Bord. Fragt jemand, sagst du …"

„… ich wäre nur für den Cocktail und die Hors d´oeuvre zuständig gewesen. Du holst mich ab, wir fahren zum Leuchtturm und …"

Angelos lachte.

„Selbst wenn alles gutgeht wirst du nur nach Hause wollen, glaube mir!"

„Wenn es Probleme gibt, soll ich dich rufen. Aber wie kommst du auf die Yacht?"

„Schwimmen. Zuerst dachte ich an einen Jet-Ski, aber das fällt zu sehr auf!"

„Schwimmen? Nun, da du mit drei Körperteilen Beinschlagen kannst, dürfte es schnell gehen. Auaa! Mein schönes Ohr!!"

„Das wird kein Kinobesuch. Die Herren aus Libyen schneiden dir erstmal die Hand ab, bevor sie dich nach deinem Namen fragen!"

„Äh, du erscheinst also im Notfall in Badeshorts, ohne Waffe, also, ich meine, ohne der offensichtlichen…"

Es folgte Daniels doppeltes Kichern.

„Ich trage Shorts und einen Gürtel mit Waffe. Habe ich alles schon erklärt. Das Problem bei nassen Waffen ist meist die feuchte Munition. Bei einer Glock ist Wasser kein Problem! Ich und Yariv fahren jetzt los und bauen das Zelt auf. Du meldest dich, bevor du auf die Yacht gehst. Und wenn du bis dahin Zweifel bekommst, dann sag es mir. Du musst das nicht tun, Daniel!"

„Mein Sonnenschein in knackigen Shorts mit Wumme. Hoffentlich werde ich nicht rollig", antwortete Daniel.

38

Das Trinitätsfest ist der Höhepunkt des jährlichen Eventkalenders auf Mykonos – findet aber auf Rhenia statt, der unbewohnten Nachbarinsel, auf der nur noch ein paar Mauern und eine Kapelle von der früheren Besiedlung künden.

Fünfzig Tage nach Ostern macht sich halb Mykonos auf nach Rhenia, um dort zu feiern. Aber auch von Tinos und Syros kommen Hunderte, um die Insel noch voller werden zu lassen. Auf Rhenia, einer Insel, die nur 7 Kilometer lang und 3,5 Kilometer breit ist, findet sich schon am Nachmittag kein freier Zeltplatz mehr.

Gegen Abend beginnen die Festlichkeiten mit einem Gottesdienst in Agia Triada, danach folgt der eigentliche Zweck: Fressen und Saufen. Kein einziger Meter der Küste ist mehr frei. vom klapprigen Fischerboot bis zur teuren Yacht – alles, was schwimmt, liegt in den Ufergewässern Rhenias.

Das Getümmel war die perfekte Umgebung für ein Treffen, das keine Aufmerksamkeit erregen sollte. Dass das eigentliche Fest in der Nacht stattfindet, war ein zusätzlicher Vorteil. Das Grölen der Massen würde selbst Kanonendonner übertönen.

Angelos und Yariv hatten ihr Zelt am südlichen Ende der Insel aufgeschlagen. Dort, wo in der Regel die großen Boote lagen, weil es der schönste Teil der ansonst kargen Insel war.

Das Zodiac lag nur zehn Meter entfernt, das einzige Boot, dessen Bug Richtung Meer zeigte. Ihr Kommandostand war ein Zelt der Feuerwehr, das diese am Südstrand Rhenia aufgestellt hatte. Ein kärglicher Kommandostand: zwei Campingtische, zwei Stühle, zwei Laptops.
„Ist Abus Drohne schon in der Luft? Wir müssen wissen, wer an Bord geht. Die werden sich nicht artig mit Namen ansprechen", sagte Yariv.
„Er weiß Bescheid!".

Alles schien gerichtet.
Den Abhörprotokollen zufolge sollte das Treffen um 22 Uhr beginnen, die GPS-Daten ergaben einen Ort, der fünfhundert Meter von der Küste Rhenias entfernt lag.
Um 20 Uhr 30 kam die erste Meldung von Abu, dass sich eine kleinere Yacht näherte, die seit vier Stunden nordwärts fuhr.
„Unsere Gäste aus Libyen, vermute ich", sagte Abu.
 „Wenn sie so früh kommen, stellen die die Security. Keine gute Nachricht", stöhnte Angelos.
„Ich muss wissen, wie viele es sind. Und die Bewaffnung!"
„Aye, aye, Sir!"

Ab 21 Uhr 30 wurde es hektisch. Zunächst meldete sich Daniel, dass er an Bord sei. Alle fünf Minuten meldete sich auch Abu - jeweils mit dem Namen eines weiteren Konferenzteilnehmers. Trotz der Dunkelheit waren die Gesichter auf den Aufnahmen deutlich zu sehen.

Die Libyer, darunter einer mit Phantasie-Uniform. Eine Karikatur eines grobschlächtigen Warlords. Plus vier Männern mit Automatikwaffen, tschechische Scorpions.

Calathes, Chef von Frontex.

Admiral Sahas, Oberbefehlshaber der Marine.

Beim nächsten Foto klatschte Angelos vor Freude: Nikos Tservakis, Chef des griechischen Geheimdienstes EYP.

„Ich wusste, dass du deine dreckigen Finger im Spiel hast!"

„Mich überrascht das nicht", sagte Abu. „Der nächste auch nicht. Emre Sahin, Staatskanzlei in Ankara. Die Türken mussten dabei sein!"

Dann hörte Angelos wie Abu zu lachen begann.

„Jetzt wird es interessant. Rafik Hafiri. Ich lach mich tot!"

„Und wer ist das bitte?"

„Der werte Herr ist der Chef des UN-Flüchtlingswerkes in Europa, UNHCR. Ein Libanese, den ich aus Beirut kenne. Er hat dort angefangen, in den Flüchtlingslagern. Und dafür gesorgt, dass er und die Regierung ihren Anteil bekommen. Beste Voraussetzungen für eine Beförderung. Junge, auf der Yacht sitzen alle beisammen, die abkassieren", sagte Abu.

„Und diskutieren, wie sie es schaffen, noch mehr Geld aus der Sache herauszuholen. Während Hunderte absaufen", schimpfte Angelos.

„Oder ihren Kopf verlieren", sagte Abu.

39

Daniel kam kurz aus dem Gleichgewicht und die Martinis auf dem Tablett klirrten, als drei Libyer die Treppe vom Oberdeck herunterkamen.

Ihnen standen die Worte „Sadist" und „Henker" auf die Stirn geschrieben.

Kurz dachte Daniel daran, dass es wohl dieselben Männer waren, die die Hinrichtungsorgie bei Andikythira durchgeführt hatten. Alle drei trugen Maschinenpistolen.

Bleib ruhig – du bist Kellner.

Daniel bog rechts ab in das Konferenzzimmer, das deutlich größer war als erwartet. Unfassbar, dass all diese Räumlichkeiten in eine Yacht hineinpassten.

Wie von Angelos erklärt, war es wichtig, dass der präparierte Martini nicht zu weit am Rand stand. Daher platzierte ihn Daniel in der Mitte.

Plötzlich ging die Türe auf und Daniel erschrak.

„Get out. Guests come!"

Es war einer der Libyer.

Daniel nickte unterwürfig und hastete aus dem Raum.

Nun würde der wichtigste Teil folgen. In der Küche waren deutlich weniger Personen, als er erwartet hatte. Würde er sich am Computer zu schaffen machen, würden die anderen es bemerken.

Daher hatte Daniel sich etwas ausgedacht. Er hatte im entgegengesetzten Teil der Küche –

Kombüse wäre das falsche Wort – mehrere große Töpfe mit einem Lebensmittelfaden zusammengebunden, der für Garnierungen verwendet wird, und diesen über zwei Tischpfosten nach vorne zu sich verlegt.

Als die anderen fünf geschäftig am „Gruß aus der Küche" arbeiteten, aber dennoch hin und wieder zu ihm schauten, zog er an dem Faden und die Töpfe fielen unter lautem Getöse auf den Boden. Alle Gesichter drehten sich in Richtung des Lärms, während Daniel zum Computer ging, den Stick einschob und, als sich das Fenster öffnete, auf „Run" tippte.

Er drehte sich um und sah, wie die anderen die Töpfe aufsammelten – niemand achtete auf Daniel.

Drei Minuten.

Drei Minuten würde das Programm brauchen. Gott sei Dank war unmittelbar nach Starten des Programms der Sperrbildschirm erschienen. Auch der Stick blinkte nicht. Er war ohnehin so winzig, dass man ihn fast nicht sah.

Daniel ging auf das Oberdeck und tat so, als würde er eine rauchen. Er hielt die Schachtel Gauloises demonstrativ vor seinen Körper.

Nach zwei Minuten ging er wieder hinunter. In der Küche hatte niemand den Stick bemerkt.

Daniel ging langsam zum Computer und zog den Stick heraus.

Da spürte er eiskaltes Metall an seinem Hinterkopf.

„Schau hin, die Matratze des Kommissars. Zurück, schön langsam, Hände hinter den Kopf und raus aus der Küche!"

Daniel folgte den Anweisungen. Der Mann hatte eine Automatikwaffe, keine Chance, ihn zu entwaffnen.

„Runter", befahl ihm die Stimme.

Im nächsten Unterdeck wurde es weniger komfortabel. Kein Teak. Die Unterkünfte für die Besatzung.

Vor der dritten Türe sagte der Mann: „Stehenbleiben!"

Er zückte sein Handy und bellte auf Arabisch mehrere Befehle.

Die Tür ging auf und ein weiterer Mann mit dunklem Teint zog Daniel in die Kabine.

Der Mann verpasste Daniel einen Schlag in die Nieren und dann in den Magen.

Daniel schlug auf dem Boden auf und verlor das Bewusstsein.

40

Auf Rhenia ahnte man von Daniels Gefangennahme noch nichts.

„Wie lange braucht diese Scheiß-App denn noch?", fragte Angelos uns trommelte mit den Fingern auf dem Tisch.

„Könntest du das bitte lassen? Es hilft ja auch nicht, außer dass du mich wahnsinnig machst", sagte Yariv.

„Daniel hat nicht gerade viel Erfahrung!"

„Ja nun, dafür ist es jetzt zu spät. Außerdem unterschätzt du ihn – zumindest hoffe ich …"
Plötzlich hörten beide eine Stimme.
„. *keine großen Formalitäten. machen wir uns an die Arbeit. Zunächst hat Tservakis das Wort, da …"*
Die Übertragung wurde zwar nicht unterbrochen, aber eine zweite Stimme war zu hören:
„… Matratze des Kommissars …"
Es dauerte zehn Sekunden, bis Angelos begriff.
„Sie haben ihn!"
Er ließ die Schultern hängen.
„Auf was wartest du? Jede Sekunde zählt", schrie Yariv. „Du liebst ihn? Dann rette ihn. Los!"
Yariv checkte den Sitz des Halfters und der Glock und gab das OK.
Angelos rannte die wenigen Meter über den Strand ins Wasser.
500 Meter. Genügend Zeit, um Daniel zu köpfen oder schlicht zu erschießen. Aber vielleicht würden sie ihn erst befragen, was schlimmer sein würde. Aber die Übertragung lief noch, was bedeutete, sie hatten ihn zwar, wussten aber nicht genau, was er getan hatte.
Angelos kraulte in olympiaverdächtiger Zeit zur „Kouros" und erreichte – geschützt durch die Dunkelheit – die Plattform.

41

Es war ein Glücksfall, dass die Agentur, die die „Kouros" vermietete, nicht nur auf Mykonos saß, sondern dass Kommissar Nikakis den Eigentümer gut kannte.

Und so kam Angelos an die genauen Pläne der Yacht inklusive virtuellem Rundgang. Ein Vorteil, der aber schnell verflog angesichts des Erscheinungsbildes des Kommissars.

Badeshorts und ein Halfter mit Glock und Schalldämpfer.

Jeder, der ihn sehen würde, wüsste, dass es sich um einen Eindringling handelt.

Angelos zwängte sich in den kleinen Zwischenraum zwischen Plattform und Schiffskörper. Zwei Mann auf dem Sonnendeck hielten Wache, einer back-, der andere steuerbord. Die Silhouetten waren klar erkennbar, denn die Yacht war zwar stark, aber indirekt beleuchtet.

Leise kletterte Angelos von der Plattform auf die Yacht.

Die Wachmänner standen nun dicht beieinander und unterhielten sich, knapp zwei Meter vor dem Zugang zum Inneren der Yacht.

Es war unmöglich, an ihnen vorbeizukommen.

Also musste Angelos Nikakis die beiden ausschalten, und zwar so, dass sie keinen Laut von sich geben konnten.

In geduckter Haltung lief Angelos Richtung Bug,

Er entschied sich für den Frontalangriff. Lautlos bewegte er sich auf die Männer zu, die beide Richtung Insel schauten.

Aus zwei Metern Entfernung schoss er ihnen in den Hinterkopf. Die Lautstärke des Aufpralls auf dem Deck war gering, denn auf Rhenia wurden Feuerwerkskörper gezündet.

„Hast du ihn?", fragte Angelos leise.

„Zweites Unterdeck. Nimm die Treppe am Heck. Es müsste die dritte oder vierte Türe links sein", hörte Angelos Yariv sagen.

„Geht´s nicht genauer?", knurrte Angelos.

„Das Signal des Micros ist nicht stark genug, sorry!" Mit der Glock in der Hand erreichte er die Treppe. Er hörte Stimmen. Griechisch. Das Personal in der Küche im ersten Unterdeck.

Leise ging er die Treppe nach unten. Im Unter- deck standen in der Mitte des Gangs zwei Kellner und unterhielten sich, schauten aber in die andere Richtung.

Er huschte an ihnen vorbei.

Das zweite Unterdeck war spärlicher beleuchtet. Tür Nummer drei trug die Aufschrift „Nur für Personal", Nummer vier „Technik".

Angelos entschied sich zu warten.

Plötzlich öffnete sich Tür Nummer drei und ein Mann kam heraus. Er ging zur entgegengesetzten Treppe.

Angelos schoss. Der Mann sackte zusammen, doch hier unten hörte man den Aufprall auf dem Teppichboden.

Er stürmte zu der offenen Türe.

Den Anblick würde er nie vergessen.

Daniel lag bäuchlings auf einem Tisch. Hinter ihm stand ein Mann, der mit einem Baseballschläger zwischen Daniels Beinen herumfuchtelte.
Ein zweiter Mann lag quer über Daniels Rücken, um ihn herunterzudrücken.
Als der Baseballschläger auf dem Boden aufschlug, war dessen Halter bereits tot.
Der zweite Mann schaute ungläubig in Richtung Angelos.
„Allah ist groß und schickt dich auf eine lange Reise", sagte Angelos und schoss ihm in den Kopf.

42

Yariv zog Angelos und Daniel auf den Strand. Daniel spuckte Wasser, Angelos hechelte, rang nach Luft.
„Wo ist Abu?", fragte Daniel, als er versuchte aufzustehen.
„Abu? Dreißig Kilometer südlich. Warum?", fragte Angelos.
„Fahr mich hin, Angelos!"
„Spinnst du? Sei froh, dass du überlebt hast. Gehen wir nach Hause!"
Doch Daniels Blick war finster und entschlossen.
„Wenn du mich liebst, bringst du mich zu Abu. JETZT!"

Eine Stunde später half Abu dabei, das Zodiac an der Schwimm-Plattform der Yacht zu vertäuen.
Daniel ging schnurstracks in Richtung Unterdeck.
„Was ist mit ihm? Und warum ..."
„Später, Abu", sagte Angelos.
Als Angelos und Abu ins Unterdeck hinunter-gingen, sahen sie, dass Daniel schon im Technikraum saß.
„Die Konferenz ist vorbei. Ist die rote Markierung das libysche Boot?", fragte Daniel.
„Ja. Warum?"
„Wer steuert im Augenblick die Drohne?"
„Meine Leute im Libanon!"
„Sie fliegt zu schnell. Ich übernehme", sagte Daniel.
Abu wollte protestieren, doch Angelos hielt ihn am Arm fest.
Daniel drückte mehrere Knöpfe auf dem Schaltpult, griff nach dem Joystick und zog ihn hart nach rechts.
„Was tust du?", rief Abu laut.
„Ich fliege eine 360-Grad-Kurve, um hinter das Boot zu kommen!"
„Du fliegst zu steil. Sie schmiert ab. Das Ding kostet zwölf Millionen!"
Aber Daniel antwortete nicht.
Auf dem Schirm sah man, dass die Global Hawk einen Kreis flog und dann wieder auf Kurs Süd einschwenkte.
Dann drückte Daniel den Stick nach vorne.
„Spinnst du? Dreihundert Fuß? Sie wird ins Meer stürzen", schrie Abu.

„Nein, wird sie nicht", antwortete Daniel mit eisiger Stimme.

Die Drohne befand sich nur noch zehn Kilometer hinter dem libyschen Boot.

„So. Und jetzt bekommt auch ihr einen von hinten rein, ihr Arschlöcher. Feuer, Feuer, Feuer!"

Ruckartig zog Daniel den Stick nach hinten. Auf dem Bildschirm war zu sehen, dass die Drohne ruckelte. Die Druckwelle der Explosion hatte sie erfasst.

Auf dem Radar war das rot markierte Boot verschwunden.

„Tragischer Brand mit Explosion. Immer diese Neureichen, die mit Zigarre im Mund den Tank- deckel aufmachen. Danke, Abu. Fahren wir jetzt nach Hause, Angelos?"

„Ja, Süßer. Aber vorher sollte Abu dir eine Hose leihen!"

Daniel sah an sich hinunter. Erst in diesem Moment bemerkte er, dass er unten herum nackt war.

Wenige Seemeilen vor Mykonos schaltete Angelos den Motor ab.

„Süßer, was ist in dem Raum passiert?"

Daniel zögerte.

„Es war nur ein Stück Holz. Und nebenbei war der Prügel kleiner als deiner. Wie sagt der Engländer: nothing to worry about!"

„Es tut mir leid", sagte Angelos.

„Mir nicht. Es ist alles gut. Hat es wenigstens etwas gebracht?"

Angelos lächelte.

„Oh ja. Yariv hat angerufen. Die Aufnahme ist perfekt. Du hast nicht nur ein Boot versenkt, sondern gleich mehrere!"

43

W*ir sind uns wohl einig, dass diese Aktion bei Andikythira nicht gerade hilfreich war!"*

Lautes Schnauben.

„Ihr Europäer seid Heuchler. Nennt die Dinge beim Namen. Die ‚Aktion' war die Hinrichtung, genauer: das Köpfen von Schnüfflern – und ein paar Zeugen. Wir wollten, dass die Sache auf allen TV-Stationen zu sehen ist. Ich glaube nicht, dass in der nächsten Zeit Schnüffler versuchen werden, sich in eines unserer Reisezentren einzuschmuggeln!"

Englisch mit Akzent. Der libysche General.

Beim Wort „Reisezentren" bekam der griechische Marineminister einen Hustenanfall.

„Tja, nur hat leider die Polizei Witterung aufgenommen!"

Tservakis, der Geheimdienstchef.

Der General lachte laut.

„Die Polizei? Wer interessiert sich denn für die? Bei uns ist die längst abgeschafft!"

„Bei uns gibt es sie noch. Und zwar in Gestalt eines Kommissars namens Nikakis, der die Spur der .. äh ..Leichenteile zurückverfolgen konnte. Er weiß, dass die Tat sich vor Andikythira ereignet hat und auch wann. Im Moment sichtet er Drohnenbilder!"

„Und? An dem Tag war die Sicht schlecht. Und außerdem: er kennt uns nicht. Selbst wenn, interessiert es in Bengasi niemand!"

„Aber uns kennt man, General. Und wenn wir nicht weitermachen können, ist Ihre Karriere als Reiseveranstalter auch vorbei."

Tservakis war laut geworden.

„Dann schaffen Sie uns den Kommissar vom Hals!"

Man hörte ein Stöhnen.

„Das haben wir schon vor drei Jahren versucht. Leider haben die Idioten aus Versehen seinen Mann erschossen."

Kommissar Nikakis ließ die Espressotasse fallen.

„Außerdem ist diese blöde Schwuchtel mit dem Premier befreundet. Schlimmer ist jedoch, dass er gute Verbindungen zu den Israelis hat. Ich vermute, er arbeitet für sie. Ginge es nach mir, säße er im Gefängnis wegen Hochverrats. Aber kommt Nikakis uns zu nahe, muss die Option gezogen werden!"

„Gut", sagte der libysche General.

„Aber wir sollten uns nicht mit der Vergangenheit aufhalten. Wir alle sind daran interessiert, dass die einzelnen Stationen möglichst geräuschlos absolviert werden!"

„Schon wieder dieses Drum herumreden. Wir alle wollen unseren Anteil, ohne dass darüber berichtet wird. Das dürfte nach unserer Abschreckung garantiert sein. Wir haben ein anderes Problem: wir sind überlastet. Zu viele Kunden!"

Man hörte Gelächter.

„Nun, mein lieber General. Bei uns in Europa heißt es ‚Flüchtlinge‘ und nicht ‚Kunden‘!"

„Wie auch immer. Wenn bei uns die Ruhr oder Cholera ausbricht, was passiert dann?"

„Griechenland und die Türkei schließen die Grenzen und das System bricht zusammen!"

„Ja, Etwas deutlicher: keine Kohle für niemand!"

„Wir können nicht mehr aufnehmen. Unsere Lager sind am Anschlag!"

Das war der türkische Vertreter, dachte Angelos.

„Bei uns müssen die raus, können bei euch nicht rein – also müssen sie auf dem Weg verloren gehen!", sagte der General.

„Von wie vielen Menschen reden wir?"

Tservakis, der Geheimdienstchef.

Angelos grinste. Damit hab ich dich.

„Etwa 2.000. Ich schlage vor, 200 pro Tag. Dann können wir wieder auffüllen. Aber wir brauchen die Pause. Reinigen, Desinfizieren. Zudem brauche ich zuverlässigeres Personal und das dauert!"

„Aber bitte nicht wieder köpfen", sagte Hafiri.

„Keine Sorge, Herr Hafiri. Wir versenken sie!"

„Und Sie erwarten, dass wir den betreffenden Bereich jeweils abschirmen, bevor Sie zu Werke gehen!"

Der Frontex-Mann.

„Das wäre auch in Ihrem Sinne, oder nicht?"

Das letzte Wort hatte der General.

„Und nun müssen wir noch über eine Neuver-
teilung der Gelder reden!"

Dann ertönte der Alarm.

Kommissar Angelos Nikakis rührte sich nicht vom
Fleck.
Es war Daniel, der die Stille durchbrach.
„Und jetzt geht das Ganze an den General-
staatsanwalt?", fragte Daniel.
Yariv lachte lauthals.
„Daniel, in einem zivilisierten Land wäre das so.
Nein. Der Premierminister bekommt von Angelos
48 Stunden, um die Herren zum Rücktritt und zu
großzügigen Spenden zu bewegen. Dann geht
die Aufnahme samt der Drohnenbilder von den
Teilnehmern an die Medien. Nur so erwischt man
die Beteiligten, die keine Griechen sind!"
„Ah. Die Methode ‚hintenrum'", sagte Daniel.
„Nein. Die Methode ‚Griechenland'", antwortete
Angelos. „Aber in diesem Falle wird es anders
laufen. Ihr entschuldigt mich: ich muss nach
Athen!"

Eine Minute später hatte Angelos das Haus
verlassen.
„Was war das denn?", fragte Daniel.
„Es geht um Alex, Angelos´ ersten Mann. Er wurde
ermordet und Angelos hat immer vermutet, dass
letztendlich Tservakis dahintersteckt", erklärte
Yariv.

„Dann möchte ich jetzt nicht in der Haut von diesem Tservakis stecken", sagte Daniel und grinste.

44

Athen

Nikos Tservakis tobte.
Grund war der Anruf des Premierministers, der ihn in die Villa Maximos zitierte.
Es ist acht Uhr abends und ich soll nochmal in die Innenstadt fahren?
Tservakis´ Haus lag auf dem Gelände der ehemaligen Pferderennbahn, direkt neben dem neuen Kulturzentrum. Seine Nachbarn waren andere Politiker, deren Domizile ebenfalls nicht zu ihrem Gehalt passten, aber darüber wunderte sich kein Grieche mehr.
Tservakis brauchte dreißig Minuten, bis er den Amtssitz des Regierungschefs erreichte. Die ganze Fahrt über hatte er sinniert. *Was kann der Trottel von mir wollen?*
Dann beruhigte er sich: *ich bin der Chef des Geheimdienstes. Mir kann keiner was. In anderen Ländern zitieren Geheimdienste die Politiker zu sich, in marchen Ländern regieren sogar ehemalige Mitarbeiter des jeweiligen Geheimdienstes.*
Tservakis lief an Eleni vorbei, ohne zu grüßen.

„Halt! Herr Tservakis. Sie müssen Ihr Handy bei mir abgeben!"

„Einen Teufel werde ich!"

„Dann darf ich Sie nicht durchlassen. Neue Vorschrift. Sie wissen ja selbst. Diese Dinger sind wie eine Live-Übertragung im Fernsehen", sagte Eleni und zeigte ihr Haifischlächeln.

Fluchend warf Tservakis sein Handy in den Korb.

„Ich verlange Respekt", zeterte Tservakis und riss die Türe zum Büro des Premierministers auf.

„Setz dich doch bitte", säuselte Antonis Migiakis.

„Was ist so eilig, dass ich um die Uhrzeit hier antanzen muss?"

„Wer weiß davon, dass du hier bist?"

Tservakis stutzte.

„Warum?"

„Weil es um eine Angelegenheit der nationalen Sicherheit geht. Also?"

„Niemand. Mein Fahrer hat schon Dienstschluss!"

„Ah. Und deine Frau?"

Tservakis glaubte, auf dem Gesicht des Premierministers ein unterdrücktes Grinsen zu sehen.

„Sie ist vor vier Wochen ausgezogen, wie du sehr wohl weißt!"

„Stimmt. Jetzt, wo du es sagst. Zu ihrem Personal-trainer. Nun, ich würde dich bitten, folgenden Mitschnitt mit mir anzuhören!"

Es dauerte eine Minute, bis Tservakis begriff, welche Veranstaltung hier aufgezeichnet worden war.

„Was willst du? Im Gegensatz zu dir kümmere ich mich um unser Land und beschütze es!"

„Indem du mit libyschen Gangstern zusammen-
arbeitest und Gelder veruntreust? Jeder Flüchtling
hat mehr Ehrgefühl im Vergleich zu dir!"

„Lass das Gebrabbel. Ich habe so viel gegen
deine Regierung und dich in der Hand, dass du
keine Woche auf diesem Stuhl überlebst!"

Antonis Migiakis lächelte breit, was Tservakis
verunsicherte.

„Dann gehe ich jetzt wieder", sagte er und wollte
aufstehen.

„HINSETZEN. Da wäre noch die Passage über die
Ermordung von Alex Nikakis."

Tservakis lachte.

„Erstens ist der Mitschnitt illegal. Ich werde sagen,
dass es eine Fälschung ist. Zweitens interessiert sich
niemand für den Tod einer Schwuchtel. Der Fall ist
vor drei Jahren eingestellt worden. Basta!"

Tservakis stand auf und ging zur Türe.

„Du täuscht dich. Es gibt jemanden, der sich sehr
dafür interessiert", rief Migiakis hinterher.

Tservakis lachte.

„Ah. Jetzt verstehe ich. Dein warmer Busenfreund.
Ein kleiner Inselkommissar. Ungeziefer, das ich
unter meinem Schuh zertrete!"

Migiakis lachte.

„Komm rein", rief er. „Tja, Tservakis. Ich frage mich,
wer hier wen zertritt!"

45

120 Seemeilen südlich von Mykonos

Abu Bakar stellte die Rückenlehne seiner Sonnenliege etwas hoch. Er wollte freies Sichtfeld auf ein Schauspiel, das ganz nach seinem Geschmack war und er unter keinen Umständen versäumen wollte.

Eine Strafaktion, die von ihm hätte stammen können.

Kommissar Angelos Nikakis hatte eine Glock in der rechten Hand. Vor ihm ging Nikos Tservakis.

Mit der Waffe deutete Angelos auf das Schlauchboot mit Außenmotor, das an der Plattform vertäut war.

Tservakis stieg wortlos ein. Sein Gesicht spiegelte abgrundtiefen Hass wider, aber die Glock war ein überzeugendes Argument, besser nichts zu sagen.

Tservakis startete den Motor und fuhr los.

Nach zwei Minuten begab sich Angelos zu Abu auf das Sonnendeck.

„Habe ich das richtig gesehen? Du hast ihm eine Flasche Wasser und ein paar Kekse ins Boot geworfen?"

„Das ist mehr als die Flüchtlinge mit auf ihre Reise bekommen. Ich finde, besser hätte es das libysche Reisebüro auch nicht organisieren können", sagte Angelos.

Abu lachte laut.

„Es sind 200 Seemeilen bis zur nächsten Insel. Das ist dir schon klar?"

„Natürlich. Und er steuert in die falsche Richtung. Leider habe ich den Kompass vergessen!"

„Ich vermute, der Treibstoff reicht ohnehin nicht?"

„Richtig vermutet!"

„Wie lautet die Erklärung aus Athen?"

„Da mach ich mir keine Sorgen. Offiziell ist Tservakis in seinem unermüdlichen Einsatz für Griechenland verunfallt, während er persönlich eine Aktion geleitet hat, über die aus Gründen der nationalen Sicherheit nicht mehr bekanntgegeben werden kann. In Athen kräht kein Hahn nach ihm. Seine Frau erbt ein Vermögen und in der Regierung ist jeder froh, denn Tservakis hatte über jeden eine Akte angelegt!"

„Hätte ich Migiakis gar nicht zugetraut, oder hast du ihm überhaupt eine Wahl gelassen?"

„Ich kann sehr überzeugend sein", antwortete Angelos und grinste.

„Damit ist das Kapitel Alex abgeschlossen. Der Mörder deines ersten Mannes hat schon bezahlt und jetzt der eigentliche Hintermann", sagte Abu.

„Ich werde es nie abschließen können und ich weiß nicht, ob ich es will. Alex musste wegen mir sterben!"

„Das ist Unsinn. Du hättest es nicht ahnen können!"

„Es geht nicht nur um Alex, sondern auch um Daniel. Der Mann an meiner Seite darf nicht dauernd in Gefahr schweben!"

„Ich dachte, das sind deine Männer ohnehin immer, sobald du deinen Pfahl auspackst", meinte Abu und grinste. „Dann heißt das wohl, dass du fest mit ihm zusammenbleiben willst?" Angelos stöhnte.

„Ich weiß nicht, ob ich der Richtige bin. Versteh´ mich nicht falsch: ich liebe ihn über alles, aber …"

„Schluss mit dem Gerede. An dir stimmt alles. Er ist gutaussehend und wirklich witzig. Und hat was auf dem Kasten. Mit der Drohne hat er uns beide ganz schön vorgeführt. Nimm ihn. Er ist ein wenig frech, aber das brauchst du!"

„Wenn du das sagst!"

46

Mykonos, Drei-Brunnen-Platz

Auf Angelos Nikakis´ persönlicher Gräuelliste standen Menschenansammlungen ganz oben. Getoppt wurden sie lediglich von Vernissagen.

Da aber Yariv als Künstler derartige Veranstaltungen besuchen und auch selbst abhalten musste, kam Angelos Nikakis nicht darum herum.

„Schwätzer, Wichtigtuer und borniertе Neureiche", lautete Angelos Definition für das Klientel auf Ausstellungseröffnungen.

Aber er musste sie über sich ergehen lassen, so auch an diesem Freitagabend. Die Veranstaltung entsprach exakt seinem Vorurteil. Nur die Tatsache, dass Yariv bereits einige Bilder verkauft hatte, machte es erträglich.

Angelos lehnte an einer Säule und betrachtete seine beiden Männer.

Yariv unterhielt sich angeregt mit einem gutaussehenden Franzosen. Und Daniel? Der stand inmitten einer Traube von Menschen, die herzhaft lachten.

Nicht zu fassen, dachte Angelos: Daniel wirkte auf andere Menschen wie ein lächelnder Magnet. Sein Witz und seine Kulleraugen waren schlicht unwiderstehlich.

Angelos schaute wieder zu Yariv und bemerkte eine Veränderung. Der Franzose hatte seinen Arm auf Yarivs Schulter gelegt und Yariv schien dies nicht unangenehm zu sein.

„Macht Yariv gerade eine Eroberung oder täuscht das?", fragte Daniel, der plötzlich hinter Angelos stand.

„Sieht so aus", knurrte Angelos.

„Eifersüchtig?"

„Irgendwie schon. Aber andererseits könnte ich mich dann endgültig dem Mann widmen, den ich über alles liebe", sagte Angelos.

„Und wer könnte das sein?", fragte Daniel mit unschuldigem Gesicht.

„Ein frecher Kerl mit Teddybäraugen!"

Tatsächlich bekam Daniel feuchte Augen.

„Ist das dein Ernst? Habe ich es wirklich geschafft?"

Angelos lächelte und umarmte Daniel. Und wie so oft knisterte es, als er Daniel berührte.

„Ich sehe ein, dass es geschmacklos wäre, mir hier einen Antrag zu machen, aber zuhause gibt es keine Ausreden mehr!", sagte Daniel.

„W-was? Daniel, hör zu: vor einem Jahr hätte ich meinen Kopf darauf verwettet, dass ich mich nie mehr verliebe. Und du weißt, wie es weiterging. Offensichtlich habe ich einen Schaden", sagte Angelos.

„Unsinn. Bei dir ist alles in Ordnung. Du hast nur auf einen gutaussehenden, witzigen Mann mit Teddy-bäraugen gewartet. Hier bin ich also und bin auch bereit, das Risiko einzugehen", sagte Daniel.

Noch immer war Angelos perplex. An Heiraten hatte er überhaupt nicht gedacht.

„Und erzähle mir jetzt nicht, dass du mit Yariv verheiratet bist. Das stimmt nämlich nicht!"

Womit Daniel Recht hatte: es war eine inoffizielle kirchliche Trauung, die nicht rechtskräftig war. Yarivs Namensänderung hatte Bürgermeister Nikakis eingefädelt und abgestempelt.

„Ah. Schau hin. Yariv und der Franzose küssen sich!"

Der Anblick war für Angelos surreal, machte aber vieles leichter.

„Wenn wir beide heiraten, gäbe es drei Nikakis auf der Insel. Ein bisschen viel!", meinte Angelos.

Daniel grinste.

„Ach was. Ich bin sicher, Yariv gewöhnt sich an seinen neuen französischen Namen! Und Stephane ist wirklich nett. Er ist übrigens auch Maler!"

„DU KENNST DEN?", fragte Angelos überrascht.

„Natürlich. Er sitzt im ‚Scorpio´s' immer an der Bar. Ich unterhalte mich manchmal mit ihm. Er hat mir gesagt, dass er auf Yariv steht, sich aber nicht traut, ihn anzusprechen. Er hat Angst vor dir. Also habe ich ihm erklärt, dass du ganz locker und ungefährlich bist – und er sich ruhig um Yariv bemühen kann. Da er auch Künstler ist, würde das gut passen!"

Daniel schaute Angelos mit seiner Unschuldsmiene an. Dann musste er doch schmunzeln.

„Dennoch. Ich habe Yariv immer alles erzählt, ihn um Erlaubnis gefragt, wenn ich mit dir etwas unternehmen wollte", beschwerte sich Angelos.

„Wenn du mit mir ficken wolltest. Außerdem hat er doch gefragt. Und zwar *mich*. Und ich habe es ihm erlaubt, in deinem Namen, versteht sich, hö-hö?"

„Wieso habe ich gerade das Gefühl, dass du alles sorgfältig geplant hast, du kleiner Teufel?", fragte Angelos.

„Keine Ahnung, was du meinst. Und Teufel haben keine Teddybäraugen. mein Dummerchen!"

„Etwas mehr Respekt", sagte Angelos und nahm Daniel zärtlich in den Schwitzkasten.

„Ich werde ab morgen den Herrn Bürgermeister täglich lobpreisen. Du bist mein strahlendes Licht in der Dunkelheit. Meine Laterne in der Finsternis. Nicht zu vergessen der Laternenpfahl. Hö-hö?"

„Frecher Kerl! Dann muss ich den morgigen Ausflug nach Dragonisi wohl streichen", sagte Angelos.

„Oh nein. Wir beide auf einer einsamen Insel? Mit Yacht, türkisem Wasser, Grotte und so?"

„Und mit dem Laternenmast, wenn du ihn dabei-
haben möchtest!"
„Wie könnte ich darauf verzichten", sagte Daniel
und küsste Angelos. Dann folgte das „Hö, hö?".

Paul Katsitis

Mykonos Crime

MYKONOS CRIME

DER VAMPIR VON MYKONOS

Paul Katsitis

MYKONOS CRIME 30
erscheint im Juni 2022
DER VAMPIR VON MYKONOS

Ungewohnt für Kommissar Nikakis: ein Fall, der ausschließlich auf Mykonos spielt. Die Tochter eines russischen Oligarchen wird entführt und getötet. Die Leiche ist vollkommen blutleer. Drei Tage später wird ein weiteres Mädchen umgebracht, dieses Mal die Tochter eines saudischen Prinzen. Auch bei ihr wurde das gesamte Blut ausgelassen. Während die Medien schon vom „Vampir von Mykonos" sprechen, muss Kommissar Angelos Nikakis fast unlösbare Aufgaben erfüllen: den Täter rechtzeitig finden, den Killer stoppen, den die beiden Väter engagiert haben. Und zuletzt: er ist so verliebt, dass er unvorsichtig wird.

Paul Katsitis – Der Strand der toten Köpfe 29

Am Paradise-Strand werden eines Morgens mehrere Köpfe angespült. Auch an den folgenden Tagen erschrecken Leichenteile die Urlauber. Die Presse nennt den Strandabschnitt bald den „Strand der toten Köpfe" und viele Touristen reisen ab. Kommissar Angelos Nikakis kämpft nicht nur um die Aufklärung der Todesfälle, sondern auch gegen die alte Legende von „Poseidons Kindern".

Paul Katsitis- Engel der Finsternis 28

Ausgerechnet auf Mykonos sollen Friedensver-handlungen zwischen Israelis und Palästinensern stattfinden. Ein logistischer Alptraum für Kommissar Angelos Nikakis. Die Bucht von Kalo Livadi scheint sich hervorragend dafür zu eignen. Leicht absperrbar, mit eigenen Piers und einem Heliport. Aber er macht sich keine Illusionen. Unangemeldete Gäste mit düsteren Absichten werden den Gipfel ebenfalls „besuchen".

Paul Katsitis – Goldrausch 27

Von wegen: der Wohlstand von Mykonos beruht auf dem Tourismus. Nein. Während auf den anderen Ägäis-Inseln gehungert wurde, genoss Mykonos durch seine Bergwerke eine Sonderstellung.
Zwar wurden die letzten Minen vor vierzig Jahren geschlossen, plötzlich aber werden zwei Geologen in

einem Schacht tot aufgefunden. Und ein amerikanischer Konzern zeigt auffälliges Interesse an den Bergwerken. Ihr Gegner: Kommissar und Bürgermeister Angelos Nikakis. Als eine Freundin ermordet wird und sich herausstellt, dass die Firma dafür verantwortlich war, wird die Angelegenheit mehr als persönlich.

Paul Katsitis – Smyrna 26

Ein van Gogh, der 1922 in Smyrna verschwand, brachte keinem der Besitzer Glück. Alle seine Besitzer starben eines gewaltsamen Todes.
Hundert Jahre später taucht das Gemälde auf Mykonos auf und bringt Kommissar Angelos Nikakis in Lebensgefahr.

Paul Katsitis – Schläfer 25

Kommissar Angelos Nikakis hat gleich zwei haarige Fälle zu lösen: in Saloniki explodiert eine Bombe und vor Mykonos werden auf einer Party-Yacht vier leblose Körper gefunden, allerdings ohne jegliche Verletzungen. Mysteriös – und nur langsam lassen sich die Fäden verbinden. Mit einer schlimmen Vermutung: Der Täter lebt seit Jahren auf der Insel. Ein Schläfer.

Paul Katsitis – Lebendig begraben 24

Ein Anrufer behauptet, unter einer frisch asphaltierten Straße auf Mykonos läge ein lebendig begrabener Mann. Kommissar Angelos Nikakis hat erst seine Zweifel – und scheut die Kosten. Als er sich doch dazu entschließt, die Straße aufreißen zu lassen, zeigt sich: in einer Kammer darunter liegt tatsächlich eine männliche Leiche. Damit nicht genug: im Magen des Toten findet sich ein USB-Stick.

Paul Katsitis – Sisa 23

Drogen und Mykonos ziehen sich wie Magnete gegenseitig an. Da der Effekt nicht zu stoppen ist, hat Kommissar Angelos Nikakis mit dem größten Drogenhändler der Ägäis, Abu Bakar, ein Abkommen getroffen: keine gestreckte Ware, begrenzte Menge, keine Lieferung an Jugendliche und keine Gewalt auf der Insel. Im Gegenzug drückt Angelos beide Augen zu, auch weil er die übliche Drogenpolitik für Heuchelei hält. Seit drei Jahren gab es keine Drogentoten mehr – der Deal funktioniert. Doch nun taucht ein neuer Player auf, der das Monopol mit Gewalt brechen will. Beim Angriff auf Abus Yacht wird diese zerstört und Abu schwer verletzt. Angelos hilft Abu, denn er will Ruhe auf Mykonos – doch die Rechnung bezahlt Angelos´ Ehemann Yariv.

Paul Katsitis – Pontifex 22

Das Oberhaupt der orthodoxen Kirche, Hieronymus, besucht Mykonos. Ein unangenehmer Termin für den schwulen und atheistischen Bürgermeister und Kommissar Angelos Nikakis.
Während des Besuchs wird der Staatssekretär des Metropoliten ermordet aufgefunden.
Hieronymus bittet Angelos um Hilfe, denn es geht nicht nur um einen Mord, sondern um die schiere Existenz der griechischen Kirche. Ein Pergament aus dem 4. Jahrhundert stellt deren Zukunft infrage.

Paul Katsitis – Yariv 21

Mykonos im Juni: gähnend leer, dank Corona. Nach der Öffnung der Insel ist es vorbei mit der erzwungenen Ruhe: im Haus eines hochrangigen Politikers wird eine tote Frau gefunden.
Und Kommissar Angelos Nikakis hat noch ein weiteres Problem: sein Kollege Yariv wird bei einem Einsatz in Athen schwer verletzt.

Paul Katsitis – Darknet 20

An der Uferpromenade mitten in Mykonos-Stadt wird die Leiche eines jungen Mädchens gefunden, das niemand kennt. Gefoltert und vergewaltigt.
Als ein zweites Opfer gefunden wird, vermutet Kommissar Angelos Nikakis, dass er es mit einem Pädophilenring zu tun haben könnte. Zusammen mit seinem Athener Kollegen Yariv Markaris, einem Darknet-Spezialisten, nimmt er die Spur auf. Er stößt

dabei auf Beteiligte, die aus den höchsten Kreisen in Athen stammen und die ihre eigene „Flüchtlings-politik" verfolgen.

Paul Katsitis – Carneval 19

Carneval in Griechenland? Bestimmt nicht, denken viele. Von wegen: Rosenmontag ist einer der wichtigsten Feiertage. Doch auf Mykonos wird Carneval gestört: in der Nähe von Kalafati wird ein Motorradfahrer tot aufgefunden. Obwohl der Kopf abgetrennt wurde, gelingt es Kommissar Angelos Nikakis schnell, ihn zu identifizieren: das Opfer ist ein Emirati, Landsmann von Angelos´ Ehemann Khaled. Zufälle gibt es nicht, sagt Angelos immer – und leider behält er Recht.

Paul Katsitis – Tödliche Libido 18

Auf einem Kreuzfahrtschiff wird ein 19-jähriger Steward vermisst.
Kommissar Angelos Nikakis nimmt den Fall zunächst nicht ernst. ‚Der Junge macht sich auf Mykonos ein paar schöne Tage', denkt er. Und es gibt keine Leiche.
Doch er täuscht sich. Eines Abends besucht ihn der Premierminister, Antonis Migiakis, der mit Angelos befreundet ist und gesteht, dass der junge Pavlos sein heimlicher Liebhaber war.
Kurz darauf melden sich die Entführer – und die Forderungen haben es in sich. Angelos muss den Jungen finden, sonst ist Migiakis politisch erledigt.

Und zur Lösung des Falls braucht er die Hilfe eines altbekannten Drogenbarons: Abu Bakar.

Paul Katsitis – Botschafter 17

Kommissar Angelos Nikakis und sein Partner Khaled retten ein Kind vor dem Ertrinken. Es ist zufällig der Sohn des israelischen Botschafters. Aus Dankbarkeit wird der Botschafter der Trauzeuge von Angelos und Khaled. Einen Tag später zerreißt eine Bombe dessen Wagen. Was zunächst nach einem Terrorakt aussieht, entpuppt sich als ein Geflecht aus Kunstdiebstahl, Verschwörung und Mord. Und Kommissar Nikakis muss tief in der Vergangenheit wühlen.

Paul Katsitis – Spione 16

Ein russischer Überläufer soll über Mykonos in den Westen geschleust werden. Auf der Kykladen-Insel soll er sich in einer der zahlreichen Schönheits-kliniken eine gesichtsveränderte Operation unterziehen. Kommissar Angelos Nikakis soll den Agenten während des Aufenthaltes schützen. Kein größeres Problem, denkt er. Bis plötzlich drei Geheimdienste auf der Insel am Werke sind. Und sich letztlich Angelos´ Leben für immer verändert.

Paul Katsitis – Khaled 15

Eine Explosion auf Delos töten einen Archäologen. Das erste Rätsel für Kommissar und Bürgermeister Angelos Nikakis. Das zweite Rätsel hingegen – wen er denn nun liebt – löst sich: er trennt sich von Alex und zieht zu Kronprinz Khaled. Doch zwei Tage später wird dieser von einem Attentäter niedergeschossen

Paul Katsitis – Trauma 14

Chefermittler und Bürgermeister Angelos Nikakis glaubt es zunächst nicht: auf der trockenen Insel Mykonos soll ein Golfplatz errichtet werden. Als Nikakis den Investor trifft, glaubt er ihn zu kennen. Bevor er sich erinnert, ereignen sich zwei Morde. Angelos´ Ehemann Alex findet währenddessen heraus, woher Angelos den Investor kennt.
Bald geschieht ein dritter Mord. Und der Täter ist Alex.

Paul Katsitis – Royals 13

Zehn Seemeilen entfernt von Mykonos wird ein großes Gasfeld entdeckt. Bürgermeister und Kommissar Angelos Nikakis greift zu allen (auch illegalen) Tricks, um Bohrtürme in der Ägäis zu verhindern.
Als dann eine Prinzessin des Emirats Katar während eines Besuchs auf Mykonos entführt wird, scheint es zunächst nicht so, als würde ein Zusammenhang

bestehen. Wenige Tage später ist die Prinzessin tot –
und Angelos Nikakis sitzt im Gefängnis.

Paul Katsitis – Der Putsch 12

1967 putscht in Griechenland das Militär. Hellas und
auch Mykonos ächzen unter der Diktatur.
52 Jahre später gibt es wieder einen
Regierungswechsel in Athen. Doch die Ereignisse
von damals werfen ihre späten Schatten.
Ein Flugzeugabsturz und Kommissar Angelos Nikakis
sorgen dafür, dass es zu einem politischen Erdbeben
kommt.

Paul Katsitis – Glut 11

Der Alptraum aller Chora-Bewohner wird wahr. Ein
Großbrand wütet in den engen Gassen der Stadt.
Eine knifflige Aufgabe nicht nur für die Feuerwehr,
sondern auch für Kommissar und Bürgermeister
Angelos Nikakis. Denn in einem Haus findet man
eine Leiche. Ein Brandopfer, denken viele. Doch sie
wurde erschossen. Drei weitere Morde und der
Wiederaufbau lassen Angelos kaum Zeit Luft zu
holen.

Paul Katsitis – Abseits 10

Im Stadion von Mykonos wird die Leiche eines
Mannes gefunden. Da der Mann Fan von
Olympiakos Piräus war, geraten alle Anhänger des
Konkurrenzvereins Panathinaikos Athen in Verdacht.

Die Indizien lassen zunächst keine andere These zu und der Hass zwischen beiden Lagern ist tatsächlich so groß, dass auch ein Mord im Bereich des Möglichen liegt.
Doch als Kommissar Angelos Nikakis in die Welt der Spielerscouts eintaucht, stellt er fest, dass es um ganz andere Dinge ging: um Menschenhandel, Pädophilie und natürlich eine Menge Geld!

Paul Katsitis – Sturm über Mykonos 9

Über Mykonos tobt der schwerste Sturm seit Jahren. Eine Fähre kentert. Angelos ist unter den Rettern, wird aber nach dem Einsatz selbst vermisst. Für zusätzliche Aufregung sorgen zwei Ölfässer, die an Land gespült werden. In ihnen liegen die zerstückelten Leichen von zwei griechischen Soldaten.

Paul Katsitis – Die Maske 8

Nach einem Banküberfall erschießt Alex einen der Räuber auf der Flucht. Da er ihn ohne Vorwarnung in den Rücken geschossen hat, steht er bald unter Anklage.
Im Schatten des Prozesses gelingt es einem neuen, besonders brutalen Drogenhändler, genannt „Máská", sein Netzwerk auszubauen. Und er zögert auch nicht, als sich ihm die Gelegenheit bietet, Kommissar a.D. Angelos Nikakis aus dem Weg zu räumen.

Paul Katsitis – Hass 7

Es ist ein besonderer Fall für die beiden Ermittler Alex und Angelos Nikakis. Die Leiche eines jungen Mannes wird in den Dünen gefunden. Am und im Körper des Toten findet sich die DNA von Angelos. Er wird verhaftet.

Paul Katsitis – Skalpell 6

Am Strand von Ornos wird eine Frauenleiche gefunden. Es ist die Tochter des Bürgermeisters. Der Leiche fehlen Nieren und Leber.
Doch es geht bei der Mordserie nicht nur um Organe, wie die beiden Ermittler Alexandros und Angelos Nikakis bald feststellen. Es existiert ein komplexes Netzwerk, das verschiedene kriminelle Felder abdeckt, und so mancher Inselbewohner ist darin verstrickt.

Paul Katsitis – Inzest 5

Ein Bräutigam, der sich am Tag der Hochzeit vom Balkon stürzt und eine Mädchenleiche in einer Wagenpresse. Zwei Fälle für die beiden Ex-Kommissare Alex und Angelos Nikakis Zwei Fälle, die sich nach und nach aufeinander zu bewegen.

Paul Katsitis – Der-Drei-Sterne-Mord 4

Im besten Restaurant der Insel wird der Chefkoch, ehemals Leibkoch Gaddafis, mit durchschnittener

—

Kehle aufgefunden. Ein schwieriger Fall für Alex und Angelos, zumal die eigene Familie mit beteiligt ist. Der Fall erfährt eine erstaunliche Wendung, als die beiden Ermittler erfahren, dass der britische Außenminister Mykonos besucht – auf dem Landsitz des griechischen Premierministers.

Paul Katsitis – Tattoo 3
Zwei Highlights stehen auf dem Programm des Wochenendes: ein hochdotiertes Beachvolleyball-Turnier und die Eröffnung der ersten Spielbank auf der Insel.
Nicht ins Programm passen zwei Tote: ein 19-jähriger Junge und einer der Beachvolleyballspieler. An dessen „natürlichem Tod" haben die Ermittler Alex und Angelos so ihre Zweifel.

Paul Katsitis – Rache 2

Im Kloster Ano Mera auf Mykonos wird ein Priester tot aufgefunden, dessen Leiche übel zugerichtet ist. Es sieht nach einem Rachemord aus – doch wofür?

Paul Katsitis – Die Bestie von Mykonos 1

Zwei Kriminalbeamte, Alexandros und Ange quittieren den Dienst und eröffnen gemeinsam auf Mykonos eine Bar. Nebenher betreiben sie eine kleine Privat-Detektei. Da die Polizei chronisch unterbesetzt ist, werden Alex und Angelos – wegen ihrer Erfahrung - regelmäßig hinzugezogen. Mykonos ist in Aufruhr. Offensichtlich foltert, vergewaltigt und tötet ein Mann junge Touristen. Um ihn zu stellen, bleibt nichts anderes übrig, als dass Angelos den Lockvogel spielt – mit furchtbaren Konsequenzen ...

.

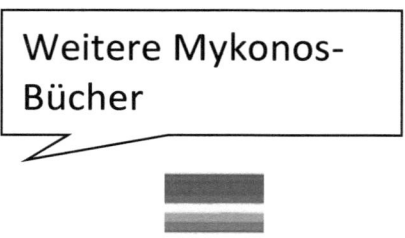

Weitere Mykonos-Bücher

Mykonos LOVE STORY
Von Michael Markaris

„Die Mykonos Love Story 1-11" von Michael Markaris. Kommissar Pandis hat mit 53 sein Coming-Out und verliebt sich in den 29-jährigen Angelos.

Bisher erschienen:
Mykonos Love Story 1
Mykonos Love Story 2 – Das goldene Ei
Mykonos Love Story 3 – Morgenröte über Mykonos
Mykonos Love Story 4 - Mykonos Speed
Mykonos Love Story 5 – Rape-Vergewaltigung
Mykonos Love Story 6 – Der rosa Leopard
Mykonos Love Story 7 – Rückkehr der Leoparden
Mykonos Love Story 8 – Crash!
Mykonos Love Story 9 – Der tote Pelikan
Mykonos Love Story 10 – Photia-Feuer
Mykonos Love Story 11 – Der tote Archäologe